BEETON'S CHRISTMAS ANNUAL.

TWENTY-EIGHTH SEASON.

A

STUDY IN SCARLET

By A. CONAN DOYLE.

CONTAINING ALSO

Two Original Plays for Home Performance.

I.

"FOOD FOR POWDER."

By R. ANDRÉ.

II.

"THE FOUR-LEAVED SHAMROCK."

By C. J. HAMILTON.

With Numerous Original Engravings

BY

D. H. FRISTON, R. ANDRÉ, and MATT STRETCH

WARD, LOCK AND CO.

LONDON : WARWICK HOUSE, SALISBURY SQUARE, E.C.
NEW YORK : BOND STREET.

│ **일러두기** │ 작품 주인공의 이름인 '셜록 홈즈'는 외래어 표기법상 '셜록 홈스'로 쓰는 것이 올바르나 널리 통용된 셜록 홈즈로 명기했습니다.

셜록홈즈

주홍색 연구

아서 코난 도일 지음 | 송성미 옮김

더스토리

주홍색 연구
A Study in Scarlet

제1부
육군 군의관 출신 존 H. 왓슨의 회상록

Contents

제2부
성인들의 땅

제1부

육군 군의관 출신
존 H. 왓슨의 회상록

1. 셜록 홈즈

　나는 1878년에 런던 대학에서 의학박사 학위를 받았고 육군 외과의가 이수해야 할 과정을 밟기 위해 네틀리로 떠났다. 그곳에서 과정을 마친 뒤에 절차에 따라 노섬벌랜드 퓨질리어 제5연대의 외과 군의관 조수로 발령받았다. 그 연대는 인도에 주둔하고 있었는데 내가 부임하기 전에 마침 제2차 아프가니스탄 전쟁이 발발했다. 봄베이에 도착하자마자 나는 우리 부대가 진격을 거듭하여 이미 적진 깊숙이 침투해 있다는 걸 알게 되었다. 하지만 나는 같은 처지에 있는 다른 장교들과 함께 칸다하르에 무사히 도착해서 우리 연대에 합류했고 즉시 내 새로운 임무에 착수했다.

　그 전쟁으로 인해 출세를 하고 명성을 드높인 이들도 많았겠지만 난 불행과 재앙을 겪었을 뿐이었다. 나는 소속되어 있던 연대에서 버크셔

부대로 옮겨 마이완드 전투에 참전했고 거기서 적군의 탄환을 어깨에 맞고 부상을 당했다. 탄환은 어깨뼈를 으스러뜨렸고 쇄골 아래의 혈관을 스쳤다. 당직병이었던 머레이의 헌신과 용기가 아니었다면 나는 사악한 이슬람 군인들에게 생포되었을 것이다. 그는 나를 말에 태워 안전하게 영국군 전선으로 옮겨 주었다.

오랜 피로와 부상으로 지친 나는 수많은 부상병들과 함께 페샤와르에 있는 군사 기지의 병원으로 후송됐다. 나는 그곳에서 조금씩 건강을 회복해서 복도를 걷거나 베란다에서 볕을 쬘 정도가 되었다. 하지

만 인도의 저주스러운 풍토병이었던 장티푸스에 걸리게 되었고, 몇 달 동안 사경을 헤매다 의식을 되찾았다. 겨우 회복기에 접어들었을 무렵에는 너무 쇠약해져서 군 의료 위원회는 나를 즉시 잉글랜드로 돌려보내기로 결정했다. 그래서 나는 군인 수송선 오론테스 호에 올라 한 달 뒤 포츠머스 부두에 도착하게 되었다. 건강이 돌이킬 수 없을 정도로 악화되었지만 정부의 허가로 앞으로 9개월간은 몸을 추스를 수 있게 되었다.

나는 잉글랜드에 아는 사람이 아무도 없었기 때문에 너무도 자유로웠다. 물론 내가 누릴 수 있는 자유는 하루에 11실링 6펜스의 수당 덕분이었다. 이런 상황에서 나는 자연스럽게 런던으로 발길을 돌렸다. 런던은 대영제국의 모든 놈팽이들이 모여든 거대한 오물 구덩이와도 같은 도시였다. 나는 스트랜드 가에 있는 고급 호텔(Private hotel)에 짐을 풀고, 하루하루 방탕하게 돈을 쓰며 아무것도 하지 않은 채 무의미한 나날을 보냈다. 그러다 주머니에 한 푼도 남지 않게 되어서야 대도시를 떠나 시골에 자리를 잡든지 내 생활방식을 완전히 바꿔야 한다는 걸 깨달았다. 두 번째 대안을 선택한 나는 호텔을 떠나 분수에 맞고 비용이 적게 드는 거주지로 옮기기로 마음먹었다.

내가 이런 결정을 내린 직후의 어느 날 밤이었다. 크리테리온 위스키를 파는 술집 앞을 지나는데 누군가 내 어깨를 쳤다. 뒤돌아보니 세인트 바솔로뮤 병원 시절 내 조수로 일하던 스탬포드였다. 황량한 대도시 런던에서 아는 사람을 만나는 것만큼 외로운 사내에게 반가운 일이 있을까. 예전에 스탬포드와 각별한 사이는 아니었지만 그를 다시 만나니 감격에 겨웠고 그도 나를 보고 꽤 반가워하는 것 같았다. 너무 기뻐서 그에게 홀본에 있는 식당에서 함께 점심 식사를 하자고 했다. 우리는 그 길로 이륜마차를 잡아타고 식당으로 갔다.

"왓슨 씨, 그동안 무슨 일을 하고 지낸 겁니까?"

덜컹거리는 마차가 사람들로 붐비는 런던 거리를 달리는 동안 스탬포드가 놀라움을 감추지 못하고 물었다.

"피골이 상접하도록 마르고 피부도 새카맣게 탔네요."

나는 마차에서 내릴 때까지 그동안의 모험담을 들려주었다.

"고생 많으셨네요."

그는 내 불운에 대한 이야기를 듣고 안타까워하며 말했다.

"지금은 어떻게 지내시나요?"

"하숙집을 구하려고."

내가 대답했다.

"적당한 가격에 편안한 하숙집을 얻으려고 알아보는 중이야."

"참 이상한 일이네요!"

그 친구가 대답했다.

"오늘 왓슨 씨처럼 말한 사람이 또 있었어요."

"그게 누구지?"

나는 물었다.

"병원 화학 실험실에서 일하는 동료예요. 오늘 아침 그분이 좋은 방을 구했는데 혼자 쓰기엔 주머니 사정이 넉넉지 않은 데다 같이 쓸 사람을 구하지 못해 한탄하더군요!"

"오! 그것 참 잘됐군."

나는 외쳤다.

"그 사람이 방을 같이 쓰면서 비용을 분담할 사람을 찾는다면 내가 적격이지. 나도 혼자 있기보단 그 편이 좋을 것 같고."

스탬포드는 포도주 잔 너머로 나를 다소 이상야릇한 눈빛으로 쳐다보았다.

"왓슨 씨가 셜록 홈즈 씨를 모르셔서 그래요."

그가 말했다.

"그분과 계속 함께 살기는 힘들걸요?"

"왜? 뭐 나쁜 점이라도 있나?"

"그런 게 아니라 좀 특이한 점이 있죠. 그분은 과학 분야에 대해서는 광신자예요. 하지만 품위 있고 예의 바른 사람이에요."

"의학도인가?"

나는 말했다.

"아니에요. 저도 그분이 어떤 일을 하시는지는 잘 몰라요. 해부학에 정통하고 훌륭한 화학자인 건 분명해요. 그렇지만 제가 알기로는 의학을 체계적으로 공부한 적은 없습니다. 그는 종잡을 수 없고 특이한 주제만을 연구해 왔지만 교수들도 놀랄 만큼 특이한 지식을 많이 가지고 있답니다."

"그에게 앞으로 어떤 일을 할 건지 물어본 적은 없나?"

내가 물었다.

"셜록 홈즈 씨는 속내를 털어놓는 성격이 아니에요. 그렇지만 무언가에 사로잡혀 있을 때는 굉장히 수다스럽기도 하죠."

"그 사람을 한번 만나 보고 싶군."

내가 말했다.

"내가 누군가와 함께 살아야 한다면 학구적이고 조용한 사람이 좋지. 나는 소란스러운 일들을 겪을 만큼 회복되지는 않았어. 그런 일들이라면 아프가니스탄에서 이미 겪어 아주 진절머리가 나. 셜록 홈즈를 만나려면 어떻게 해야 하지?"

"실험실로 가면 만날 수 있을 겁니다."

스탬포드가 대답했다.

"그는 몇 주 동안 나타나지 않거나 온종일 그곳에서 실험에 몰두한답니다. 괜찮으시다면 점심 식사 후에 들러 볼까요?"

"그렇게 하세!"

나는 대답했다. 그리고 우리 대화의 주제는 이내 다른 쪽으로 흘러갔다. 하지만 홀본을 떠나 병원으로 가는 동안 스탬포드는 나와 함께 살게 될 셜록 홈즈에 대한 몇 가지 이야기를 더 해 주었다.

"그와 혹시 사이가 나빠지더라도 절 탓하진 마세요."

그가 말했다.

"전 그저 실험실에서 몇 번 보았을 뿐입니다. 결정은 왓슨 씨가 했으니 제게 책임을 물으시면 안 됩니다."

"같이 지내기 힘들면 헤어지기 쉬우니 나쁠 것도 없지."

나는 대답했다.

"적어도 내 생각은 그렇다네."

그리고 스탬포드의 얼굴을 찬찬히 보며 덧붙였다.

"그런데 왜 이 문제에서 슬쩍 빠지려 하나? 자네가 그러는 데는 이유가 있을 텐데, 그게 뭔가? 그가 아주 괴팍한 성격을 갖고 있나? 그게 아니면 뭔가? 이야기해 보게."

"말로는 설명하기가 쉽지 않습니다."

그가 웃으며 말을 이었다.

"제 생각에 홈즈 씨는 지나치게 과학적인 분이에요. 차갑다 못해 냉혈한처럼 느껴지기도 합니다. 제 생각에 그분은 자기 친구에게 새로 발견한 식물성 알칼로이드를 주사할 수도 있는 사람이에요. 홈즈 씨가 실제로 그렇게 한다면 악의가 있어서가 아니라 독극물의 효능을 확인하려는 탐구 정신 때문이겠지만요. 기꺼이 자신에게도 그 주사를 놓을 사람이니까요. 그분은 지식을 믿는 분이죠. 그것에 모든 걸 바칠 정도로 열성적인 분이고요."

"그건 올바른 점이잖아."

"그렇죠. 하지만 도가 좀 지나치다는 게 문제죠. 해부실 구석에서 시체를 막대기로 때리는 건 아무리 생각해도 이해가 가지 않아요."

"시체를 두들겨 팬다고?"

"시체에 멍이 얼마나 들 수 있는지 알기 위한 실험이라고 하더군요. 그 광경을 제 눈으로 직접 보았답니다."

"그렇지만 의학도는 아니라는 건가?"

"네, 홈즈 씨의 연구 목적은 하늘만이 알 거예요. 이제 도착했으니 직접 보고 판단해 보시죠."

이야기를 나누는 동안 우리는 좁은 골목길을 지나 큰 병원의 부속 건물과 통한 옆문으로 들어갔다. 내겐 그런 장소가 익숙했기 때문에 길 안내는 필요 없었다. 음산한 돌계단을 올라 긴 복도를 따라갔다. 복도의 벽은 희게 칠해져 있고 회갈색의 문들이 늘어서 있었다. 복도 끝에 다다를 즈음 낮은 아치형 통로가 갈라져 실험실로 이어져 있었다.

　고고한 동굴과도 같은 실험실에는 수많은 약병이 가지런히 진열돼 있었는데 바닥에는 약병들이 어수선히 나뒹굴기도 했다. 넓고 낮은 테이블 위에는 증류기, 시험관, 푸른 불꽃이 깜박거리며 타오르는 분젠 등 같은 것들이 놓여 있었다. 실험실에는 테이블 위로 허리를 굽힌 채 뭔가에 열중하고 있는 한 사람뿐이었다. 그는 인기척을 느끼고 흘끗 돌아보더니 기쁨의 환호성을 치며 뛰어왔다.

　"드디어 발견했어! 해냈다고!"

　그는 스탬포드에게 외치고는 시험관을 들고 우리 쪽으로 뛰어왔다.

　"헤모글로빈에 의해서만 침전 반응을 일으키는 시약을 발견했어!"

　그는 금광을 발견한 사람처럼 들떠 있었다.

　"왓슨 씨, 이분이 바로 셜록 홈즈 씨랍니다."

　스탬포드의 소개로 우리는 인사를 나누게 되었다.

　"안녕하세요?"

　그는 다정하게 말하며 악수를 청했는데 생각보다는 손힘이 셌다.

　"아프가니스탄에 다녀오셨죠?"

　"네? 어떻게 아셨죠?"

　내가 깜짝 놀라서 물었다.

"내 말에 너무 신경 쓰시지는 마시고요."

홈즈가 부드럽게 웃으며 말을 이었다.

"지금은 그보다 헤모글로빈이 더 중요한 문제입니다. 당신도 제 발견에 대해 방금 들으셨죠?"

"화학적으로는 대단한 발견이라 할 수 있겠죠."

나는 대답했다.

"그런데 실용적으로는……."

"아니, 선생! 이것이야말로 요 근래 들어 가장 실용적인 법의학적 발견입니다. 이건 혈액의 흔적을 찾아내는 데 한 치의 오차도 없는 방법이죠. 자, 다들 이리 와 보세요!"

그는 열의에 차서 나의 소맷자락을 잡고 자신이 연구에 몰두해 있던 테이블로 끌고 갔다.

"신선한 혈액을 좀 뽑겠습니다."

그는 긴 바늘로 자기 손가락을 찌르더니 피 한 방울을 피펫(실험실에서 소량의 액체를 다룰 때 쓰는 작은 관_옮긴이)에 넣었다.

"자, 이제 이 한 방울의 피를 물 1리터에 넣겠습니다. 보기에는 순수한 물로 보이죠? 물과 혈액의 비율은 백만 분의 일도 되지 않을 겁니다. 하지만 소량의 혈액은 분명 특기할 만한 반응을 보일 겁니다."

그는 말하면서 그 관에 흰 결정체를 조금 넣은 뒤 투명한 액체를 몇 방울 떨어뜨렸다. 그러자 관은 탁한 적갈색으로 변했고 관 바닥에는 갈색 가루가 고였다.

"하하!"

그는 손뼉을 치며 소리를 질렀고, 새 장난감을 얻은 아이처럼 기뻐했다.

"자, 어떻습니까?"

"아주 정교한 검사인 것 같군요."

내가 말했다.

"대단해! 정말 대단해! 유창목 기름을 사용하는 기존 검사는 어설프고 불확실한 검사법이었죠. 현미경으로 혈구를 검사하는 것도 마찬

가지입니다. 핏자국이 생긴 지 몇 시간만 지나도 현미경 검사는 소용없어지니까요. 그런데 내가 발견한 이 검사법은 핏자국이 오래된 것이든 방금 생긴 것이든 똑같이 작용하는 것 같습니다. 이런 방법이 진작 나왔다면 지금 사람들 사이를 활보하고 다니는 수백 명의 범죄자를 다 잡아들였겠지요."

"그렇군요."

나는 중얼거렸다.

"범죄 사건은 바로 이러한 문제를 어떻게 해결하느냐에 달려 있는 경우가 많아요. 누군가가 어떤 범죄의 용의선상에 오르는 것은 사건이 일어나고 몇 달 뒤가 될 수도 있어요. 용의자의 이불이나 옷을 조사해서 갈색의 얼룩이 발견되었다고 합시다. 그것은 핏자국일까요, 흙탕물 자국일까요, 녹물이나 과즙 얼룩일까요, 아니면 뭘까요? 바로 이것들이 많은 전문가들을 혼란스럽게 만들었던 문제입니다. 왜냐고요? 믿을 만한 검사법이 없었으니까요. 이젠 셜록 홈즈 검사법이 있으니 그런 어려움은 해결될 겁니다."

그가 말하는 동안 눈에서는 날카로운 광채가 번뜩였다. 그는 가슴에 손을 얹고 수많은 군중 앞에 인사하듯 머리를 숙였다.

"축하를 드려야겠군요!"

나는 그의 열의에 상당히 놀라 말했다.

"작년 프랑크푸르트에서 폰 비숍 사건이 있었지요. 그때 이 검사법이 쓰였다면 틀림없이 범인에게 교수형을 집행할 수 있었을 겁니다. 브래드포드의 메이슨이나 소름 끼치게 흉악한 뮬러, 그리고 몽펠리에의 르페브르와 뉴올리언스의 샘슨도 죗값을 받았을 거예요. 나는 이 실험 방법이 제대로 통했을 사건을 스무 건도 넘게 기억하고 있지요."

"홈즈 씨는 마치 살아 있는 범죄 달력 같군요."

스탬포드가 웃으며 말했다.

"이걸 신문에 발표하면 어떨까요? 제목은 '과거의 미제 사건에 대한 경찰의 재수사 촉구'쯤이 좋겠군요."

"그건 상당히 흥미로운 읽을거리가 될 거예요."

셜록 홈즈가 손가락에 난 상처 자국에 작은 반창고를 붙이며 말했다.

"저는 조심해야 해요."

그는 나를 보고 미소를 지으며 말했다.

"독극물이 튀는 일이 많거든요."

그는 손을 펴서 보여 주었다. 손에는 반창고가 덕지덕지 붙어 있었고, 독한 산에 녹아 변색된 부위가 군데군데 눈에 띄었다.

"사실 우리가 긴히 할 말이 있어 여기에 왔답니다."

스탬포드가 발이 세 개 달린 의자에 앉으면서 말했다. 그리고 나에게도 발로 다른 것 하나를 밀어 주었다.

"여기 이분이 지금 거처를 구하는 중이에요. 홈즈 씨도 방세를 함께 낼 사람을 찾고 계시죠? 마땅한 사람이 없어 고민하시는 걸 보고 두 분이 함께 지내시면 어떨까 하고 생각했습니다."

셜록 홈즈는 나와 함께 사는 걸 반기는 것 같았다.

"베이커 가에 아주 좋은 방을 봐 두었습니다."

그가 말했다.

"우리 둘이 살기에 딱 적당할 것 같더군요. 혹시 독한 담배 연기를 싫어하시는지요?"

"나는 항상 해군 담배를 피우죠."

내가 말했다.

"그럼 괜찮겠군요. 나는 여러 화학 약품을 다루며 가끔 실험을 합니다. 괜찮을까요?"

"물론입니다."

"어디 보자. 또 내 단점이 뭐가 있을까? 나는 가끔 기분이 나쁠 때 오래도록 말을 하지 않습니다. 그럴 때 제가 기분이 좋지 않은 거라고 오해하지 마세요. 그냥 두면 곧 괜찮아지니까요. 당신은 어떤 고백을 하시렵니까? 서로 결점이 있다면 지금 이야기하는 게 좋을 것 같습니다."

나는 그의 반대 심문에 웃음이 났다.

"나는 새끼 불도그를 한 마리 키우고 있습니다. 그리고 나는 요즘 신경이 날카로워서 소란스러운 건 견디지 못합니다. 터무니없을 정도로 일찍 잠에서 깨곤 하지만 정말 게으릅니다. 건강할 때는 나쁜 점들이 더 있지만 현재로선 이 정도입니다."

"시끄러운 소리에 바이올린 연주도 포함됩니까?"

그가 걱정스럽게 물었다.

"그야 연주 실력에 달려 있지 않을까요? 매끄러운 연주라면 듣기 좋지만 서툰 사람의 연주는 글쎄요. 하하."

"아, 그럼 됐네요!"

홈즈가 활짝 웃으며 소리쳤다.

"우리가 함께 사는 데 별 문제는 없겠네요, 물론 하숙집이 마음에 드신다면요."

"집은 언제 보러 갈까요?"

"내일 정오에 여기서 만납시다. 그리고 같이 가서 모든 문제를 매듭 짓죠."

그가 대답했다.

"네, 그렇게 하겠습니다. 내일 정오에 뵙겠습니다."

나는 그와 악수를 나누며 말했다.

셜록 홈즈와 헤어진 우리는 실험실을 나와서 내가 묵는 호텔 쪽으로 발걸음을 옮겼다.

"참, 그런데 말이지!"

나는 갑자기 걸음을 멈추고 스탬포드를 향해 돌아서며 물었다.

"홈즈 씨는 내가 아프가니스탄에서 온 걸 도대체 어떻게 알았을까?"

스탬포드가 묘한 미소를 지었다.

"그게 바로 홈즈 씨의 기이한 특징이죠. 많은 다른 사람들도 그가 어떻게 모든 것을 알아내는지 궁금해한답니다."

"그것 신기한 일이군."

나는 손을 비비며 감탄했다.

"이거 참 흥미진진한 일이네. 난 자네가 홈즈 씨를 소개해 준 것에 대해 고맙게 생각한다네. '인류의 진정한 연구 주제는 인간 자체다'란 말 자네도 알지 않나."

"홈즈 씨에 대해 연구해 보세요."

스탬포드가 작별인사를 하며 말했다.

"하지만 그가 얼마나 종잡을 수 없는 사람인지를 알게 될 거예요. 제 생각엔 당신이 홈즈 씨에 대해 알아내는 것보다 그가 당신에 대해 알아내는 게 훨씬 많을 거예요. 그럼 안녕히."

"잘 가게."

나는 대답했다. 그리고 나의 새로운 친구에 대해 상당한 호기심을 느끼며 호텔을 향해 천천히 걸어갔다.

2. 추리 과학

　다음 날 나는 약속했던 시간에 홈즈를 만나 그가 말했던 베이커 가 221B번지의 집을 살펴보았다. 홈즈와 내가 함께 살 거처는 안락한 침실 두 개, 그리고 공기가 잘 통하며 화사하게 장식되어 있고 두 개의 넓은 창으로 햇빛이 들어오는 커다란 거실 하나로 구성되어 있었다. 집은 여러모로 흠잡을 데 없이 좋았고, 방세도 둘이 나누기에 적당해서 우리는 그 자리에서 바로 입주 계약을 마쳤다.

　바로 그날 저녁 호텔로 돌아가 짐을 챙겨 왔고 홈즈는 다음 날 아침 몇 개의 상자와 커다란 가방을 잔뜩 싣고 이사를 왔다. 짐을 풀고 물건을 배치해서 정리를 마치는 데는 꼬박 이틀이 걸렸다. 그리고 우리는 차차 새로운 환경에서의 삶에 적응해 나갔다.

　홈즈는 같이 살기에 그리 까다로운 사람은 아니었다. 그는 조용했고 생활습관이 규칙적이었다. 그는 밤 열 시 이후에 깨어 있는 일이 드물었고, 아침을 꼭 챙겨 먹고 내가 일어나기 전에 집을 나갔다. 어떤 날은 하루 종일 화학 실험실에 있었고, 어떤 날은 해부실에 있었는데 가끔은 도시 외곽까지 먼 길을 걸어 산책을 즐기는 것 같기도 했다.

그가 어떤 일에 몰두하면 그 열정은 무엇으로도 막을 수 없었다. 그러나 가끔씩은 그에 대한 반작용이 일어났다. 그럴 때면 그는 온종일 거실 소파 위에 축 처져서 입을 꾹 다문 채 손 하나 까딱하지 않았다. 이럴 때는 그의 눈에서 꿈꾸는 듯한 공허한 표정을 볼 수 있었고, 그의 절제력과 청결함이 아니었다면 마약 중독이 아닐까 하고 의심했을 것이다.

몇 주가 지나면서 홈즈라는 인물과 그의 목표에 대한 내 호기심은 나날이 깊어졌다. 꼭 내가 아니더라도 홈즈는 어딜 가든 눈길을 끌 사람이었다. 키는 180센티미터가 넘었지만 너무 말라서 그보다도 훨씬 커 보였다. 그의 눈빛은 내가 앞에서 언급했던 무기력해졌을 때를 제외하면 초롱초롱하고 예리했다. 긴 매부리코에서는 그의 신중함과 결단력이 엿보였다. 각지고 돌출된 턱 또한 그가 결단력 있는 사람이라는 것을 보여주는 듯했다. 그는 언제나 두 손에 잉크나 화학 약품 자국을 묻히고 있었지만 뛰어난 촉각을 가지고 있었다. 가끔 바이올린을 켜는 것을 보면 확실히 그 특유의 섬세함을 느낄 수 있었다.

홈즈라는 사람이 얼마나 나의 호기심을 자극했는지, 그리고 그가 자신의 내면에 몰입해 있을 때 보여 주는 과묵함을 깨기 위해서 내가 얼마나 노력했는지에 관해 고백한다면, 독자들은 내가 어지간히 남의 일에 참견하기 좋아하는 사람이라고 생각할지도 모른다. 그러나 그런 판단을 내리기 전에 독자 여러분들께서는 그때 내 삶이 얼마나 의미 없이 흘러갔는지, 나의 관심을 끄는 것이 얼마나 드물었는지를 기억해 주기를 바란다. 나의 건강 상태는 날씨가 예외적으로 좋은 날을 제외하고는 밖으로 나가기도 힘들 지경이었고, 가끔씩 들러 내 일상의 단조로움을 깨뜨려줄 친구도 없었다. 그런 환경에 처해 있던 나는 동거인에 관한 소소한 수수께끼가 아주 흥미로운 나머지 그것을 밝혀내는 데 나의 거의 모든 시간을 다 썼다.

그가 의학을 연구하고 있는 것은 아니었다. 이 점에 관해서 홈즈에게 직접 물어보고 답변을 얻었는데 스탬포드의 주장이 확인된 셈이었다. 또 그는 과학 분야에서 학위를 따기 위해서 공부하는 것 같지 않고, 학문의 세계로 입문하려는 것 같지도 않았다. 그러나 특정한 분야에 대한 열의는 대단했고, 적어도 그런 분야에 대해 그가 갖고 있는 지식은 엄청나게 풍부하고 대단히 상세했으며, 그의 관찰력은 나를 상당히 놀라게 만들었다. 물론 정확한 목표가 없었다면 그렇게 열심히 일하지도 않았을 것이고 그렇게 상세한 정보들도 얻을 수 없을 것이다. 아무 책이나 닥치는 대로 사람은 정확한 지식을 쌓기는 어려운 법이다. 아무 목적도 없이 사소한 것들에 몰두함으로써 정신적 부담을 늘리는 사람은 없다.

그런데 홈즈의 무지는 그의 지식만큼이나 놀라웠다. 그는 현대문학, 철학, 정치에 대해 아는 게 거의 없었다. 내가 토머스 칼라일의 말을 인용했을 때 그는 너무 천진난만하게 그가 누구이고 무엇을 했는지 물었다. 그리고 그가 코페르니쿠스의 이론과 태양계의 구성에 대해서 아무것도 모른다는 것을 우연히 알았을 때 나의 놀라움은 절정에 달했다. 19세기에 사는 문명인이 지구가 태양 주위를 도는 걸 모른다는 게 나는 도저히 이해가 되지 않았다.

"놀라셨나 보군요."

홈즈가 놀란 내 표정을 보고 웃으며 말했다.

"이제 그것을 알았으니 나는 다시 잊어버리려고 노력해야 합니다."

"그걸 잊는다고요?"

"그렇고말고요."

그가 설명했다.

"나는 사람의 뇌가 근본적으로는 비어 있는 작은 다락방 같은 것이라고 생각합니다. 그 방을 당신이 선택한 가구로 채워야 하지요. 어리석은 사람은 그 방 안에 온갖 잡동사니를 닥치는 대로 쓸어 넣죠. 그러면 쓸모 있는 지식들은 공간이 없어 밀려 나가거나 많은 다른 것들과 뒤섞여서 필요할 때 꺼내 쓸 수가 없게 되는 거예요. 그래서 능숙한 전문가는 그의 머릿속 다락방에 무엇을 집어넣을지를 결정하는 데 아주 조심스럽죠. 그는 자신의 일에 도움이 될 만한 연장만을 고를 겁니다. 그리고 그 연장들을 항상 질서 정연하게 배치해 놓겠죠. 그 작은 방이 고무 벽으로 되어 있어서 어느 정도 늘어날 거라고 기대해선 안 됩니다. 방의 면적이 정해져 있으니 또 다른 지식이 더해질 때 당신이 전에 알고 있던 무언가를 잊어버려야 하는 때가 오겠죠. 그러므로 가장 중요한 것은 쓸모없는 지식이 유용한 지식을 밀어내지 않도록 하는 겁니다."

"하지만 태양계는!"

나는 따져 물었다.

"그게 대체 나에게 무슨 의미가 있죠?"

그는 참지 못하고 나의 말을 잘랐다.

"당신은 지금 지구가 태양 주위를 돈다고 말씀하셨습니다. 그런데 지구가 달 주위를 돈다고 해도 나 자신이나 내가 하는 일은 눈곱만큼도 달라지지 않을 것입니다."

도대체 당신이 하는 일이 무엇이냐고 묻고 싶었지만 그의 태도를 보니 내 질문을 반길 것 같지 않았다. 나는 그간 홈즈와 나누었던 대화를 되뇌어 보고 그가 하는 일을 추측해 보려 애썼다. 그는 자신의 목표와 상관이 없는 지식은 습득하지 않는다고 말했다. 그러므로 그가 가진 모든 지식은 그의 일에 모두 유용하다고 했다. 나는 마음속으로 그가 특히 잘 알고 있는 분야에 대해서 열거해 보았다. 심지어 연필로 적어 보았다. 기록을 마치고 보니 웃지 않을 수가 없었다. 그것은 다음과 같았다.

셜록 홈즈의 한계

1. 문학 지식: 없음.

2. 철학 지식: 없음.

3. 천문학 지식: 없음.

4. 정치에 대한 지식: 약간 갖춤.

5. 식물학 지식: 극과 극. 벨라도나, 아편, 그 밖의 독초에 대해서

는 정통하지만 실용적인 원예에 대해서는 전혀 모름.

6. 지질학 지식: 실용적이지만 한정된 지식을 갖춤. 토양 식별 능력은 매우 탁월함. 한번은 산책 후 나에게 흙탕물이 튄 바지를 보여 주고 얼룩의 색깔과 농도만으로 런던의 어느 지역에서 묻어 온 것인지를 나에게 말해 준 적이 있음.

7. 화학 지식: 상당한 수준.

8. 해부학 지식: 정확하지만 체계적인 것은 아님.

9. 범죄학 지식: 엄청나게 해박함. 금세기에 저질러진 범죄에 대해서는 모르는 게 없는 것 같음.

10. 바이올린 연주 능력이 상당한 수준임.

11. 권투와 검술 실력도 프로급임.

12. 영국 법에 대해서도 실용적인 지식이 있음.

나는 목록을 여기까지 적고 나서 절망하여 불 속으로 던져 버렸다.

"이 목록을 조합해서 그의 의도를 찾아낼 수만 있다면, 그리고 이런 장점들이 필요한 일이 무엇인지 알아낼 수 있다면……."

나는 혼잣말로 중얼거렸다. "이런 시도는 당장 포기하는 게 낫겠어."

앞에서 나는 그의 훌륭한 바이올린 연주에 대해 언급했다. 그의 연주 실력은 아주 뛰어났지만 그가 가진 다른 재주들만큼 기이했다. 그는 어려운 곡도 연주할 수 있었다. 내가 요청한 멘델슨의 〈무언가〉를 비롯하여 내가 좋아하는 여러 곡을 연주할 정도였으니까. 그러나 혼자서 어떤 곡을 연주하거나 익숙한 선율을 만들어 내려고 시도하는 일은 별로 없었다. 그는 저녁 무렵이면 안락의자에 편히 기대 앉아 눈을 감은 채로 그의 무릎 위에 바이올린을 걸쳐 놓고 무심코 연주하곤 했다. 때로는 바이올린 소리가 낭랑하면서 구슬프기도 했고, 기가 막힐 정도로 멋지거나 경쾌하기도 했다. 분명 그 소리는 그를 사로잡고 있는 그의 생각들을 반영한 것이었다. 하지만 바이올린 연주가 그의 사고 작용을 돕는 건지 단순히 일시적인 변덕이나 공상의 결과인지는 도통 알 수가 없었다. 내가 이 몹시 거슬리는 독주를 참을 수 있었던 건 내 인내심에 대한 보상으로 마지막엔 내가 좋아하는 곡들을 연주해 주었기 때문이다.

일주일이 지날 때까지 홈즈를 찾아오는 손님은 없었다. 그래서 나

는 홈즈도 나처럼 외톨이인 줄 알았다. 그러나 얼마 안 가서 나는 홈즈를 찾아온 많은 방문객을 만났고 그들은 각계각층의 다양한 사람들이라는 것을 알게 되었다. 그중 누렇게 뜬 쥐새끼 같은 얼굴에 검은 눈동자를 가진 레스트레이드 씨라는 남자는 일주일에 서너 번씩 찾아왔다. 어느 날 아침에는 최신 유행복을 차려입은 세련된 여자가 와서 삼십 분이 넘도록 있다가 갔다. 그날 오후에는 희끗한 머리의 유태인으로 보이는 초라한 행색의 사내가 왔는데 그는 몹시 흥분된 것처럼 보였다. 그리고 곧 나이 든 여인이 뒤따라 들어왔다. 또 다른 때는 백발이 신사가 찾아와 나의 동거인과 이야기를 나눈 적도 있었고 벨벳 유니폼을 입은 기차 수화물 운반 인부가 찾아온 적도 있었다.

이런 정체를 알 수 없는 손님들이 올 때면 홈즈는 양해를 구하고 거실을 사용했고 나는 침실로 들어갔다. 그는 나에게 폐를 끼치는 것에 대해서 항상 미안해했다.

"고객을 모셔야 하니 잠시 거실을 내 영업장으로 써도 될까요?"

나는 단도직입적인 질문을 할 기회를 다시 얻었지만 강제로 털어놓게 할 수는 없어 겨우 참았다. 그가 말하지 않는 데는 그럴 만한 이유가 있을 거라고 생각했지만, 뜻밖에도 그는 자기가 하는 일에 대해 스스로 고백했다.

그날은 3월 4일이었다. 나는 아직도 그 날짜를 똑똑히 기억한다. 나는 그날 평소보다 다소 일찍 일어났고 셜록 홈즈는 아침 식사를 하고 있었다. 하숙집 부인은 그런 내 습관을 알고 있었으므로 식탁 위의 내 자리엔 커피조차 아직 준비되지 않은 상태였다. 나는 괜히 짜증이 나서 벨을 울려 식사와 커피를 올려 달라고 투덜거렸다. 그리고 홈즈가 토스트를 먹는 동안 조용히 잡지나 읽을까 하고 테이블 앞에 앉았다. 잡지의 한 기사 제목에 연필로 표시가 되어 있어서 자연스레 그곳에 눈길이 갔다.

내 시선을 끈 글은 '생명의 책'이라는 다소 거창한 제목이었는데 관찰력이 우수한 사람들이 정확하고 체계적인 분석을 이용하여 얼마나 많은 것을 밝혀낼 수 있는지에 대한 것이었다.

그것은 통찰력이 있으면서도 논리적인 모순이 뒤섞인 내용으로 내게 강한 인상을 주었다. 특히 글의 논리적 전개는 아주 면밀했다. 하지만 추론 부분은 터무니없고 과장된 것처럼 보였다. 필자는 근육의 움직임이나 순간적인 눈빛 같은 스치는 표정만으로도 사람의 속내를 알 수 있다고 주장했다. 또 관찰과 분석에 능한 사람을 속이는 것은 불가능하다고 했다. 그리고 이런 결론이 유클리드의 정리만큼이나 정확하다는 것이었다. 그의 결론은 문외한들에겐 너무도 놀라운 것이어서 결론이 도출된 과정을 이해하기 전까진 필자가 주술사처럼 보일 정도였다.

필자는 이렇게 썼다.

논리적인 사람은 대서양이나 나이아가라 폭포를 단 한 번도 보거나 듣지 않은 상태에서 물방울 하나만 보고도 그런 거대한 바다나 폭포가 존재할 것이라고 추론할 수 있다. 세계는 하나의 커다란 사슬이고 우리는 그 사슬의 한 부분만을 보고도 전체를 알 수 있다. 다른 기술과 마찬가지로 추론과 분석의 과학은 오랜 연구와 인내를 필요로 한다. 어떤 사람이 일생에 걸쳐 노력해도 경지에 이를 수 없을 정도다. 특히 정신적인 면을 다스리는 게 가장 어려운데, 그전에 먼저 탐구자는 기초적인 문제에 통달해야 한다. 어떤 상황이든 한눈에 상대방의 경력과 직업을 알 수 있도록 해야 한다. 그러한 연습이 좀 유치할지 모르지만 그것을 통해 관찰 능력을 기르고 어디를 보고 무엇을 찾아야 할지 알 수 있게 된다. 손톱, 코트의 소매 끝, 구두, 바지의 무릎, 엄지와 검지의 굳은살, 얼굴 표정, 셔츠의 소맷부리는 모두 직업을 드러내는 훌륭한 요소다. 이것들을 보고서도 상대의 직업을 알아낼 수 없다는 것은 상상하기조차 끔찍한 일이다.

"정말 어처구니없는 글이군요!"
내가 잡지를 탁자 위에 집어던지며 말했다.
"이런 쓰레기 같은 글은 내가 살아오면서 처음이에요."
"왜 그러십니까?"
셜록 홈즈가 물었다.
"아니, 이 글 말입니다."
나는 식탁에 앉으며 달걀 숟가락으로 잡지를 가리켰다.
"표시가 되어 있는 걸 보니 홈즈 씨도 이걸 읽은 거겠죠? 이 글이 제법 그럴듯하다는 건 부정하지 않습니다. 하지만 말도 안 되는 소리예요. 이건 서재에 틀어박혀 빈둥거리는 사람이 쓴 글일 겁니다. 현실적이지 못해요. 이 글의 필자를 지하철 삼등칸에 묶어 두고 지나가는 사람의 직업을 맞춰 보라고 하고 싶군요. 난 못 맞춘다에 걸겠습니다."

"선생이 잃을 겁니다."

셜록 홈즈가 침착하게 말했다.

"말이 나왔으니 말인데 그 글을 쓴 사람은 바로 접니다."

"당신이 썼다고요?"

"그렇습니다. 나는 관찰과 추리의 가치를 믿습니다. 그 글에 소개된 이론을 선생께서는 터무니없다고 생각하시는 것 같은데 사실 굉장히 실용적입니다. 너무 실용적이어서 그것으로 제가 먹고살 수 있는 정도지요."

"아니, 어떻게?"

나는 무의식적으로 물었다.

"나 또한 직업을 가진 사람입니다. 물론 세상에 이런 직업을 가진 사람은 나밖에 없을 거예요. 이해하실지 모르겠지만 나는 '자문' 탐정입니다. 런던에는 많은 형사들과 사립 탐정들이 있습니다. 그들은 난관에 빠지면 모두 나를 찾아오지요. 그러면 나는 그들에게 진실에 접근할 수 있는 실마리를 알려 줍니다. 그들이 내 앞에 몇 가지 증거를 내놓으면 난 갖고 있는 범죄학 지식과 추리력을 이용해 사건을 해결해 주는 거죠. 여러 가지 범죄 사이에는 강한 유사성이 있습니다. 그래서 천 가지 범죄를 알고 있다면 천한 번째 범죄를 해결할 수 있답니다. 레스트레이드는 꽤 유명한 형사인데 요즘 위조사건 때문에 미궁을 헤매고 있지요. 그래서 여기까지 오게 된 겁니다."

"그럼, 다른 사람들은요?"

"모두 나름대로의 문제 때문에 나를 찾아오지요. 그들은 모두 어떤 문제를 갖고 있고 나에게서 깨우침을 얻고자 합니다. 나는 그들의 이야기를 듣고, 그들은 나의 조언을 구합니다. 그 대가로 저는 사례비를 받는 거죠."

"그런데 당사자가 직접 보고도 해결하지 못하는 일을 방 안에만 있는 당신이 해결한다는 겁니까?"

나는 말했다.

"그렇습니다. 나는 그런 일에 대한 직관을 가지고 있죠. 이따금씩 좀 복잡한 사건들도 있습니다. 그러면 서둘러 나가 제 눈으로 직접 확인을 해야 합니다. 선생께서도 아시다시피 제가 그 문제에 적용할 수 있는 특별한 지식이 많고 그 지식은 훌륭하게 사건을 해결하는 데 큰 도움이 되죠. 선생에게는 비웃음을 샀지만 잡지에 실은 이 추리법은 내가 실제로 일할 때 아주 중요합니다. 관찰은 저에게 있어 제2의 천성과 같은 것이지요. 우리가 처음 만났을 때 선생이 아프가니스탄에 다녀온 걸 말했을 때 좀 놀라시는 것 같더군요."

"그건 누군가에게서 미리 들은 거겠죠."

"아닙니다. 나는 선생이 아프가니스탄에서 왔다는 걸 스스로 알아냈습니다. 내 추리가 너무나 빨라서 중간 과정 없이 결론만 급히 말했을 뿐이지요. 하지만 단계는 있지요. 천천히 말해 보자면 이렇습니다. '그는 군인 티가 나는 의사다. 그렇다면 분명 군의관이다. 얼굴빛이 검은 걸 보니 최근에 열대 지방에서 돌아왔다. 하지만 손목이 흰 걸 보니 본래 피부색은 아니다. 얼굴이 야윈 것을 보니 병을 앓았고 고생도 좀 했다. 왼팔의 움직임이 뻣뻣한 걸 보니 그는 부상을 당했다. 영국 군의관이 팔에 부상을 당해 가면서까지 고생할 열대 지방은? 분명 아프가니스탄이다.' 이런 생각들이 일 초도 안 되는 사이에 스쳤지요. 그래서 나는 선생이 아프가니스탄에서 왔다고 말했고 선생은 깜짝 놀란 겁니다."

"설명을 들으니 간단한 것 같군요."

나는 미소를 지으며 말했다.

"홈즈 씨를 보니 에드거 앨런 포의 작품에 나오는 뒤팽이 떠오르는군요. 그런 이야기 속의 인물이 실제로 존재할 거라고는 생각도 못 했습니다."

홈즈가 일어나서 파이프에 불을 붙였다.

"뒤팽과 저를 비교하신 것은 저에 대해 칭찬하는 뜻으로 받아들이겠습니다."

그가 말했다.

"내 생각에 뒤팽은 좀 수준이 낮은 친구죠. 십오 분간이나 침묵을 지키다가 한마디 던지면서 친구의 생각을 방해하는 그의 수법은 과시적이고 얄팍한 것이죠. 그가 분석적인 천재인 건 분명합니다만 포가 생각했던 것처럼 경이로운 존재는 아니에요."

"에밀 가보리오의 작품을 읽어 봤습니까? 거기에 나오는 르콕 탐정은 어떤가요?"

내가 물었다.

셜록 홈즈는 비웃으며 콧방귀를 뀌었다.

"르콕은 끔찍할 정도죠."

그는 성난 목소리로 말했다.

"그에게서 인정할 만한 게 있다면 의욕뿐입니다. 그가 등장하는 책은 나를 꽤나 골치 아프게 만들었습니다. 문제는 어떻게 정체불명의 범인을 밝혀내는가였죠. 나라면 24시간 안에 충분할 일을 르콕은 여섯 달 동안 헤맵니다. 그 책이 탐정들이 피해야 할 일들에 대해 가르치는 교본으로 쓰일 수는 있을 겁니다."

내가 좋아하는 작가와 작품이 무참히 공격당하니 갑자기 울화가 치밀었다. 나는 창가로 다가가서 분주히 움직이는 거리를 내려다보았다.

'이 친구는 아마 머리가 매우 좋은 것 같아. 하지만 자만심이 너무 강해.'

나는 속으로 생각했다.

"요즘엔 이렇다 할 범죄도 범죄자도 없습니다."

그는 투덜거리며 말했다.

"그쪽으로 아무리 뛰어난 머리를 가지고 있으면 뭐합니까? 내가 이름을 떨칠 만한 재능을 가진 건 분명하죠. 나만큼 범죄수사에 대해 깊이 연구했거나 뛰어난 재능을 타고난 사람은 없으니까요. 그런데 그 결과가 뭡니까? 수사할 범죄가 없거나 아니면 기껏해야 런던 경찰도 훤히 들여다볼 수 있는 서투른 악당들뿐이니 말입니다."

나는 홈즈의 자화자찬을 더 듣고 있기가 힘들었다. 그래서 슬쩍 화제를 바꾸었다.

"저 사람은 무얼 찾고 있는 거죠?"

나는 덩치가 크고 검소한 차림의 한 남자를 가리키며 물었다. 그는 길 건너편에서 천천히 걸어 내려오며 번지수 팻말을 유심히 들여다보고 있었다. 그는 커다란 파란색 봉투를 들고 있었고 그것을 전해 주러 온 심부름꾼임이 틀림없었다.

"저 퇴역한 해병대 하사관 말인가요?"

셜록 홈즈가 말했다.

'허풍쟁이!'

나는 속으로 말했다.

'그 추측을 확인해 볼 방법이 없다 이거로구만!'

그런 생각이 내 머릿속을 스칠 때 덩치 큰 남자가 우리 거처의 주소를 확인하더니 급히 길을 건너왔다. 일 층 쪽에서 문을 두드리는 소리와 남자의 굵은 목소리가 들렸다. 그리고 계단을 오르는 무거운 발소리가 들려왔다.

"셜록 홈즈 씨를 찾아왔습니다."

그가 홈즈에게 편지를 건네며 말했다.

홈즈의 기를 꺾을 기회가 온 것이다. 이런 일이 생길 거라곤 생각도 못했겠지.

"실례하지만 어떤 일을 하시죠?"

나는 단조로운 어조로 물었다.

"수위입니다."

그는 무뚝뚝하게 말했다.

"제복은 수선을 맡겨서 입지 않았지만요."

"그러면 전에는?"

나는 동거인을 심술궂은 눈으로 흘끗 보고는 물었다.

"해병대 보병 하사관이었습니다. 홈즈 씨, 답장은 없습니까? 알겠습니다."

그가 두 발을 탁 붙이더니 거수경례를 한 다음 방을 나갔다.

3. 로리스턴 가든 사건

나는 그때 홈즈의 이론이 얼마나 실용적인지를 드러낸 생생한 증거를 보고 적잖게 놀랐다고 고백한다. 그리고 그의 분석력에 대한 존경심이 커졌다. 하지만 한편으로는 이 모든 것이 나를 기만하기 위한 속임수가 아닐까 하는 의구심이 들기도 했다. 물론 그가 그렇게까지 할 이유가 없다는 것은 너무나도 분명한 사실이었다. 홈즈를 보니 그는 이미 편지를 다 읽은 듯했고, 그의 눈은 정신이 딴 데 팔린 듯 생기 없고 공허해 보였다.

"도대체 어떻게 추리해 낸 거죠?"

내가 말했다.

"뭐가요?"

홈즈는 성마르게 쏘아붙였다.

"그가 전역한 하사관이라는 것 말입니다."

"이런 사소한 일에 신경 쓸 시간이 없습니다."

그는 퉁명스럽게 말했지만 곧 부드러운 미소를 지었다.

"무례했다면 미안합니다. 선생 덕분에 내 생각의 흐름이 끊어졌거든요. 하지만 괜찮습니다. 아무튼 선생은 그 사람이 해병대 하사관이었다는 걸 눈치채지 못했다는 건가요?"

"그렇습니다."

"그 사실을 어떻게 알아냈는지 설명하는 것보다 그저 알아내는 게 더 쉬워요. 만약 누가 2 더하기 2가 4라는 사실을 증명해 보라고 한다면 어떻겠습니까? 정답을 말하기는 쉽지만 증명을 하자면 복잡해지죠. 나는 그가 길 건너편에 있을 때 손등에 새겨져 있던 크고 푸르스름한 닻 문신을 보았습니다. 거기서 바닷사람 냄새가 물씬 풍겼고 게다가 그에게서는 군인의 몸가짐이 느껴졌어요. 또 단정한 구레나룻도 갖고 있었지요. 그가 해병대 출신이라는 건 너무나 명료합니다. 또 그에게서는 약간 거만한 구석이 느껴졌고 다른 사람에게 명령을 내리기를 좋아하는 사람 같기도 했어요. 그 사람이 절도 있게 머리를 세우고 지팡이를 흔드는 모습을 보셨지요? 또한 침착하고 점잖은 중년 남성이라고 얼굴에 써 있었죠. 이런 모든 사실이 그가 하사관 출신이라는 걸 똑똑히 보여 주는 증거입니다."

"정말이지 대단하군요!"

내가 외쳤다.

"별로 특별할 건 없습니다."

홈즈가 아무 일도 아니라는 듯 말했다. 하지만 내가 감격한 것을 아는지 만족스러운 표정이었다.

"아까 나는 요즘은 범죄가 뜸하다고 했지요. 하지만 내 말은 틀린 것 같군요. 이걸 보세요."

그는 심부름꾼이 가져온 편지를 건네주었다.

"아니! 이런 끔찍한 일이!"

나는 편지를 훑어보며 소리쳤다.

"흠, 뭔가 상식 밖의 일이 일어난 것 같군요."

홈즈가 낮게 속삭였다.

"큰 소리로 읽어 주시겠습니까?"

내가 그에게 읽어 준 편지는 다음과 같았다.

친애하는 셜록 홈즈 씨께,

어젯밤 브릭스턴 가 로리스턴 가든 3번지에서 불미스러운 사건이 벌어졌습니다. 그곳을 순찰하던 순경이 새벽 두 시경 어떤 집에 불이 켜져 있는 것을 보았습니다. 그 집은 빈집이었기에 순경은 의심을 품었습니다. 집에 가 보니 현관문은 열려 있고 가구가 거의 없는 거실에 정장 차림을 한 신사의 시체가 있었습니다. 신사의 주머니에서 '미국 오하이오 주 클리블랜드 시 이녹 J. 드레버'라고 적힌 명함이 나왔습니다. 도난품은 없으며 사인을 밝혀 줄 뚜렷한 증거 또한 없었습니다. 핏자국이 발견됐지만 시체에는 상처가 없었습니다. 피살자가 어떻게 빈집에 들어왔는지 또한 의

문입니다. 정말 모든 것이 오리무중입니다. 열두 시 이전에 와 주신다면 저를 만날 수 있을 겁니다. 그때까지 사건 현장은 보존해 둘 것입니다. 만약 오지 못하신다면 차후에 이 사건에 대해 자세한 경위를 말씀드리겠습니다. 선생께서 호의를 베풀어 고견을 말씀해 주신다면 정말 감사하겠습니다. 이만 줄입니다.

　－토비아스 그렉슨

　

"그렉슨은 런던 경시청에서도 똑똑한 인물이지요."

내 친구, 홈즈가 말했다.

"그와 레스트레이드 모두 경찰이라는 형편없는 집단에서는 그나마 쓸 만한 인재들입니다. 둘 다 민첩하고 의욕적이지만 사고방식은 다소 경직돼 있죠. 놀랄 정도예요. 두 사람은 서로를 싫어해요. 여자들이 서로 질투를 하는 것처럼. 그 두 사람이 이 사건에 개입한다면 아주 흥미로워지겠는데요?"

나는 홈즈가 차분히 말하는 것을 보고 놀라웠다.

"이렇게 꾸물거릴 시간이 없지 않습니까."

나는 외쳤다.

"내가 가서 마차를 불러다 줄까요?"

"내가 나서야 할지 잘 모르겠어요. 난 아주 게으른 사람입니다. 물론 내게 맞는 일에 대해서는 더없이 부지런한 사람이죠."

"아니, 이건 당신이 그토록 기다리던 기회가 아닙니까!"

"선생, 그게 나랑 무슨 상관이죠? 게다가 일을 잘 해결해 봤자 그렉슨과 레스트레이드의 공으로 돌아가겠죠. 나는 경찰이 아닌 사립 탐정이니까요."

"그렉슨이 도움을 구하고 있지 않습니까?"

"그렇죠. 그렉슨은 내 실력이 자신보다 낫다는 걸 알고 있고 존경을 표하고 있죠. 하지만 다른 사람 앞에서는 그걸 드러내려 하지 않습니다. 사건 현장에 가서 살펴보는 편이 낫겠군요. 나는 스스로 문제를 해결할 겁니다. 별로 얻는 게 없더라도 그들의 코를 납작하게 해 줄 수는 있을 테니까요. 자, 가시죠!"

홈즈는 서둘러 외투를 챙겨 입었다. 그의 잽싼 행동으로 보아 시큰둥했던 마음이 사라지고 의욕이 솟구치는 듯 보였다.

"모자를 쓰세요."

그가 말했다.

"함께 가자는 말인가요?"

"네, 뭐 달리 할 일이 없으시다면요."

잠시 후, 우리는 이륜마차를 타고 브릭스턴 가로 미친 듯이 달려가고 있었다.

안개와 구름이 짙게 낀 아침이었다. 회갈색 장막이 지붕에 걸린 듯이 거리도 진흙빛으로 어두웠다. 홈즈는 한창 들떠서 크레모나 바이올린에 대해 이야기를 하다가 스트라디바리우스와 아마티의 차이에 대해 한참 읊었다. 나는 우중충한 날씨와 우리가 처리해야 하는 우울한 사건 때문에 기분이 가라앉아 조용히 듣고만 있던 터였다.

"이번 사건에는 관심이 가지 않는 모양이지요?"

나는 결국 홈즈의 음악론 강의를 가로막으며 말했다.

"아직까지는 사건의 내막에 대해 모르니까요."

그가 대답했다.

"충분한 증거를 가지기도 전에 이론을 전개하는 건 아주 치명적인 실수를 부르지요. 선입견 때문에 제대로 판단할 수 없게 됩니다."

"사건 정보는 곧 얻게 되겠지요."

나는 마차 밖을 가리키며 말을 이었다.

"여기가 브릭스턴 가입니다. 그리고 사건 현장은 아마도 저 집이겠군요."

"그렇군요. 마부, 여기에 마차를 세워 주게나."

우리는 홈즈가 우기는 바람에 사건 현장을 100미터 남겨 놓고 서둘러 내렸고 걸어서 현장으로 갔다.

로리스턴 가든 3번지는 뭔가 불길하고 위협적이었다. 거리로부터 약간 안쪽으로 들어선 네 집 중 하나였는데 두 집은 사람이 살고 있었고 두 집은 비어 있었다. 빈집의 삼 층 컴컴한 유리창에는 '임대'라는 글자가 여기저기 붙어 있었고, 작은 정원에는 보잘것없는 잡초들이 드문드문 자라 집과 거리를 구분하고 있었다. 그리고 노란빛을 띤 좁은 통행로가 나 있었는데 흙과 자갈이 섞여 있었다. 간밤에 내린 비로 뜰 앞길이 질퍽해져 있었으며 1미터쯤 되어 보이는 벽돌담이 뜰을 감싸고 있는데 담 위에는 목재 난간 장식이 박혀 있었다. 이 담벼락에 체격 좋은 경관 하나가 기대 있었고, 할 일 없는 구경꾼들이 경관을 에워싼 채 무슨 일이 벌어지는지 알아내려는 부질없는 희망으로 목을 빼고 기웃거리고 있었다.

나는 셜록 홈즈가 곧장 집으로 들어가 사건조사에 착수할 거라고 상상했다. 하지만 그럴 생각은 전혀 없어 보였다. 그는 태연하게 도로를 천천히 왔다 갔다 하고, 땅바닥과 하늘, 건너편 집 그리고 벽돌담 위의 난간을 멍하니 바라보았다. 이런 상황에서 그의 태도는 잘난 체하는 것처럼 보였다. 그렇게 둘러본 후 그는 천천히 길을 따라, 아니, 더 정확하게 말하면 길 옆 잔디를 따라 걸으며 땅바닥을 뚫어지게 쳐다보며 걸어갔다. 두 번 멈췄고, 한 번은 미소를 지으며 만족스러운 감탄사를 토해 내기도 했다. 젖은 땅에는 발자국들이 있긴 했지만 경관들이 벌써 그 길을 오갔기 때문에 거기서 뭔가를 알아내기는 힘들 것 같았다. 그래도 나는 홈즈가 뛰어난 통찰력을 가진 것을 알기에 그러면 분명 내가 보지 못한 어떤 것을 발견했을 거라는 생각이 들었다.

현관 앞에는 흰 피부에 연한 갈색 머리를 한 키 큰 남자가 수첩을 들고 있었다. 그는 홈즈를 보더니 얼른 달려 나와 아주 반갑다는 듯 악수를 청했다.

"이렇게 와 주셔서 감사합니다."

그가 말했다.

"사건 현장은 그대로 두었습니다."

"저건 빼고!"

홈즈가 길을 가리키며 대답했다.

"물소 떼가 지나간 자리도 저것보다는 나을 것 같군요. 하지만 그렉슨 씨, 저렇게 되기 전에 조사해서 나름의 결론을 내렸겠죠."

"집 안에도 수사할 것이 많아서요."

그렉슨이 얼버무리며 말했다.

"동료인 레스트레이드 씨가 와 있어요. 그 친구에게 밖을 맡겨 놨더니만……."

"당신과 레스트레이드가 있으니 저는 별로 할 일이 없겠군요."

홈즈가 나를 흘끗 보더니 비웃듯이 눈썹을 치켜뜨고 말했다.

"우리가 할 일은 다했습니다."

그렉슨은 만족스럽다는 듯이 두 손을 비벼 대며 말했다. 그리고 이어서 말했다.

"참 기이한 사건이지요. 그래서 이렇게 홈즈 씨를 모셨지요."

"오는 길에 마차를 탔습니까?"

셜록 홈즈가 물었다.

"아니요."

"레스트레이드 씨도 마차를 타지 않고 왔나요?"

"네."

"자, 그럼 방으로 가서 한번 보지요."

홈즈는 알 수 없는 질문을 하더니 집 안으로 성큼성큼 들어갔다. 그렉슨은 머리를 갸우뚱하며 뒤따라 들어갔다. 낡은 판자가 깔린 먼지가 자욱한 좁은 통로는 부엌과 사무실로 이어졌다. 그 끝에 양편으로 문이 하나씩 있었다. 그중 하나는 꽤 오랫동안 굳게 닫혀 있었던 듯했다. 다른 하나는 식당으로 통하는 문이었는데 그 식당이 바로 문제의 사건 현장이었다. 홈즈가 먼저 식당에 들어섰고 나는 죽은 이를 애도하며 그를 따라갔다.

커다란 정사각형 방이었다. 가구가 놓여 있지 않은 빈방이라 더욱 커 보였다. 번들거리는 싸구려 벽지 위로 곰팡이가 피어 있었고 군데군데 벽지 사이로 노란 회벽이 들여다보였다. 건너편에는 방 규모에 비해 너무 큰 벽난로가 있었고 모조 대리석으로 만들어진 벽난로 선반 구석에는 타다 남은 붉은 양초가 있었다. 하나 있는 창문은 더럽기 짝이 없었고 먼지 낀 창문 사이로 들어오는 흐린 빛이 방 안의 모든 사물을 탁하게 비추었다. 그리고 집 전체에 쌓인 먼지가 회색빛을 더욱 짙게 했다.

그러나 내가 방을 이렇게 자세히 본 건 나중의 일이었다. 방에 들어선 순간 내 눈을 사로잡은 것은 바닥에 누워 있는 사체였다. 죽은 사내가 멍한 눈으로 색이 바랜 천장을 보고 있었다. 나이는 대략 마흔셋이나 넷쯤 되었을까? 검은 곱슬머리에 턱수염을 길렀으며 중키에 어깨가 넓은 사내였다. 프록코트와 조끼, 옅은 색깔의 바지를 입고 있었고 옷깃과 소매는 깔끔했다. 손질이 잘된 실크해트 모자가 바로 옆에 놓여 있었다. 두 주먹을 쥐고 양팔을 펼친 채였지만 두 다리는 꼬여 있었다. 죽는 순간의 공포와 고통이 깃들어 있는 듯했다. 시신의 굳은 표정에도 공포의 감정이 깃들어 있었다. 그리고 내가 여태까지 한 번도 본 적이 없는 증오스러운 표정도 엿보였다. 악의에 찬 끔찍한 표정은 좁은 이마와 뭉툭한 코, 튀어나온 턱을 타고 내려와 마치 원숭이처럼 보이게 했고, 온몸을 비틀고 있는 부자연스러운 자세도 그런 인상을 주는 데 한몫했다. 나는 전쟁터에서 수많은 죽음을 목격했지만 런던의 한적한 교외에 있는 이 음침하고 더러운 방에서 본 것처럼 무시무시했던 죽음은 없었다.

족제비처럼 깡마른 레스트레이드가 문 옆에 서 있다가 우리에게 인사했다.

"홈즈 씨, 이 사건으로 한참 시끄러울 것 같군요."

그가 말했다.

"나도 이렇게 처참한 현장은 처음입니다."

"단서는 좀 찾았나?"

그렉슨이 물었다.

"전혀 안 보여!"

레스트레이드가 무신경하게 말했다.

홈즈는 시신 옆에 다가가 무릎을 꿇고 자세히 들여다보았다.

"사체에 정말 상처가 없다는 겁니까?"

홈즈가 사방에 튄 핏자국을 가리키며 말했다.

"그렇습니다!"

두 형사가 나란히 외쳤다.

"그러면 이건 제2의 인물의 피, 아마 살인자의 피겠죠. 이게 살인 사건이라면 말이에요. 1834년 네덜란드 유트레히트에서 벌어진 반 얀센 살인 사건이 생각나는군요. 그렉슨 씨, 그 사건을 압니까?"

"아니오."

"그 사건을 꼭 검토해 보세요. 같은 태양 아래 새로운 일이란 없어요. 모든 일은 과거에도 한 번은 있었던 일이지요."

홈즈는 말하는 것과 동시에 민첩한 손놀림으로 이곳저곳을 만져 보고 눌러 보고 단추를 풀고 자세히 들여다보았다. 그의 눈은 내가 이미 이야기했던 멍한 표정이었다. 그의 조사는 너무 빨리 이루어졌기 때문에 그것이 아주 면밀하게 이루어졌다는 사실을 짐작하기 힘들 지경이었다. 홈즈는 마지막으로 사체의 입가에 코를 대고 냄새를 맡아 보더니 죽은 사내의 에나멜 구두 밑창을 살폈다.

"시신을 옮기지는 않았습니까?"

홈즈가 물었다.

"조사하면서 약간 건드렸을 수는 있습니다만 이동은 없었습니다."

"좋습니다. 조사가 끝났으니 이제 시체는 안치소로 옮기지요."

그렉슨은 네 명의 남자와 들것을 대기시켰다. 그의 지시에 따라 남자들이 들어와 시신을 옮겼다. 그런데 시신을 들어 올릴 때 반지 하나가 굴러떨어졌다. 레스트레이드가 반지를 줍더니 어리둥절한 눈으로 바라보았다.

"사건 현장에 여자가 있었군요. 이것은 여자들이 끼는 결혼 반지 입니다."

그가 외쳤다.

레스트레이드가 반지를 손바닥 위에 올려놓고 내밀며 말했다. 우리 모두 그 옆에 모여들어 반지를 살펴보았다. 그것은 한때 신부의 손가락을 장식했던 결혼반지가 틀림없는 것 같았다.

"일이 점점 더 복잡해지고 있어. 이런, 이미 충분히 복잡했었는데 말이지."

그렉슨이 말했다.

"한결 단순해지지 않았나요?"

홈즈가 낮은 목소리로 말을 이었다.

"반지를 아무리 살펴봐도 더 나올 단서는 없을 겁니다. 시신의 주머니에는 무엇이 있었지요?"

"여기 모아 놨습니다."

그렉슨이 계단 맨 아래쪽에 있는 소지품 더미를 가리키며 말했다.

"런던 바로드 사의 순금 앨버트 시곗줄이 달린 금시계, 제조번호는 97163. 꽤나 묵직하고 단단하군요. 프리메이슨 문장이 새겨진 금반지, 루비 눈의 불도그 장식이 있는 황금 핀, 러시아제 가죽 명함 케이스, 케이스 안에 클리블랜드 시의 이녹 J. 드레버라고 쓰여 있는 명함이 들어 있군요. 이 명함에 적힌 이름은 그의 손수건에 새겨진 E. J. D.라는 머리글자와 일치합니다. 지갑 없이 현금 7파운드 13실링, 조셉 스탠거슨이라는 이름이 표지 뒤에 쓰여 있는 《데카메론》 문고판 한 권, E. J. 드레버와 조셉 스탠거슨에게 온 편지 두 통 등입니다."

"편지의 주소는 어딥니까?"

"스트랜스의 아메리칸 익스체인지입니다. 찾아갈 때까지 보관하라고 적혀 있습니다. 모두 기온 선박회사에서 왔고, 리버풀에서 출항하는 그들의 선박에 대해 쓰여 있습니다. 이 사람은 뉴욕으로 돌아가려 했던 것 같습니다."

"스탠거슨에 대해서는 조사했습니까?"

"이 물건들을 발견하고 나서 바로 조사했습니다."

그렉슨이 말했다.

"모든 신문에 광고를 냈고 아메리칸 익스체인지로 부하 한 명을 보내 놓았는데 아직 돌아오지 않았습니다."

"클리블랜드 당국에는 연락을 취했나요?"

"오늘 오전에 전보를 띄웠습니다."

"내용은 어떻게?"

"여기 정황을 설명하고 정보 지원 등의 협조를 요청했습니다."

"상세하게 더 요청한 내용은 없었나요?"

"스탠거슨의 신원을 물었습니다."

"다른 건요? 사건 해결에 결정적일 것으로 생각되는 사실에 대해선 묻지 않았나요? 다시 전보를 칠 생각이신가요?"

"제가 할 말은 다 전보에 써서 보냈습니다."

그렉슨은 조금은 짜증이 난다는 듯이 쏘아붙였다.

셜록 홈즈가 킥킥거리며 웃고는 무엇인가를 말하려고 했는데 우리가 이야기하는 동안 거실에 있던 레스트레이드가 거만하고 만족스러운 표정으로 손을 비비며 나타났다.

"그렉슨, 내가 중요한 걸 발견했어. 내가 식당 벽을 자세히 살펴보지 않았다면 간과했을 것을 말이지!"

키 작은 사내는 눈을 번뜩이며 말했다. 라이벌을 앞섰다는 희열을 억누르는 듯 보였다.

"자, 모두 여기로 오십시오."

레스트레이드가 분주히 방으로 다시 들어갔다. 시신을 옮겨서 방 분위기가 한결 나아졌다.

"자, 거기 서십시요."

그는 구두에 성냥을 그어 벽 쪽에 높이 치켜들었다.

"저걸 좀 보시오!"

그는 의기양양해서 말했다.

나는 벽지가 여기저기 떨어졌다고 말했다. 방 한쪽의 벽지가 떨어져 나간 공간에 노란 회칠이 보였다. 거기에 핏빛으로 다음과 같은 단어가 휘갈겨져 있었다.

Rache

"어떻게 생각하십니까??"

레스트레이드가 마치 흥미진진한 쇼의 진행자처럼 말했다.

"여기는 너무 구석진 곳이라 아무도 살피지 않았겠지요. 살인범이 아마 피로 직접 썼을 겁니다. 여기 이 흘러내린 핏자국을 보세요. 죽은 사내가 자살하지 않은 게 분명합니다. 그런데 왜 글자를 구석에 썼을까요?그 이유를 알려 드리겠습니다. 벽난로 위에 붉은 양초를 보셨지요? 사망 시점에는 저 초가 켜져 있었을 거고, 이 구석은 가장 어두운 부분이 아니라 가장 밝은 부분이었을 겁니다."

"그래, 그런데 자네가 발견했다는 저건 뭘 의미하는 거지?"

그렉슨이 무시하는 투로 말했다.

"의미? 살인범이 레이첼이라는 여자 이름을 쓰려고 했다는 것을 의미하지. 하지만 누군가의 방해로 쓰다 만 게 분명해. 내 말 잘 기억해 두십시오. 이 사건에는 레이첼이라는 여자가 관련되어 있다는 사실이 밝혀질 겁니다. 홈즈 씨, 지금은 비웃으실지도 모르죠. 하지만 선생이 아무리 재주가 좋고 머리가 비상하더라도 결국엔 늙은 사냥개가 최고라는 것을 아실 겁니다."

"실례했습니다."

갑자기 웃음을 터뜨려 레스트레이드의 비위를 상하게 한 홈즈가 말했다.

"이 단서를 발견한 것은 순전히 레스트레이드 씨의 공입니다. 당신의 말대로 이 글자는 간밤의 미스테리한 사건 현장에 있었던 또 다른 누군가와 연관 있는 것 같군요. 나는 아직 이 방을 다 둘러보지 못했습니다만, 지금부터 좀 조사해 봐도 되겠습니까?"

홈즈는 그렇게 말하고 주머니에서 줄자와 확대경을 꺼냈다. 그는 방 안을 거닐다가 무릎을 꿇기도 하고 엎드리기도 하면서 천천히 둘러보았다. 한순간 그는 방 안에 다른 누군가가 있다는 걸 잊은 것 같았다. 그러면서 감탄하는 소리, 신음 소리, 휘파람 소리, 작게 외치는 소리 등을 연달아 냈다. 마치 잘 조련된 순종 폭스하운드 사냥개가 덤불 사이에서 사냥감의 냄새를 추적하며 열심히 이곳저곳을 뛰어다니는 모습이 떠올랐다.

그의 조사는 이십 분 이상 계속됐다. 나에게는 전혀 보이지 않는 핏자국 사이의 거리를 아주 조심스럽게 측정하고, 역시나 내가 이해할 수 없는 방법으로 줄자를 가지고 벽을 재기도 했으며 회색 먼지를 봉투에 담기도 했다. 마지막으로 확대경으로 글자 한 자 한 자를 꼼꼼히 들여다보았다. 그러고는 만족스러운 듯 줄자와 확대경을 주머니에 집어넣었다.

"천재란 한평생 고통을 감내하는 자라고들 하지요. 대단히 불편한 말이지만 탐정에게는 퍽 어울리는 말이기도 합니다."

홈즈는 미소 지으며 말했다.

그렉슨과 레스트레이드가 상당한 호기심과 약간의 경멸의 눈빛으로 아마추어 동료의 동작을 쳐다보았다. 홈즈의 행동 하나하나에는 언제나 구체적이고 실용적인 목적이 있다는 걸 나는 알았지만 그들은 거기까지는 생각하지 못하고 있는 게 분명했다.

"어떻습니까?"

두 사람이 동시에 물었다.

"제가 나서서 두 분을 도와주려 한다면 두 분의 공을 가로채는 격이 되겠지요."

홈즈가 말했다.

"지금 다들 잘하고 계시니 제가 끼어들지 않는 편이 좋을 것 같기도 합니다만."

홈즈의 말에서 다분히 비아냥거리는 기운이 느껴졌다.

"향후 수사 상황을 전해 주시면 제가 도울 수 있는 일은 적극 돕도록 하지요. 그보다 먼저 사체를 발견한 순경을 만나 보고 싶군요. 그의 이름과 주소를 좀 알려 주시겠습니까?"

레스트레이드가 잠시 수첩을 보고 말했다.

"존 랜스, 지금은 비번입니다. 케닝턴 파크 게이트, 오들리 코트 46번지로 가면 만나 보실 수 있을 겁니다."

홈즈가 주소를 받아 적었다.

"왓슨 씨, 가시죠."

그가 말했다.

"우리는 랜스 씨를 만나러 가겠습니다. 아, 그리고 수사에 도움이 될 만한 정보를 한 가지 더 알려 드리지요."

홈즈는 두 형사를 향해 돌아서며 말했다.

"이 사건은 살인 사건입니다. 범인은 키가 180센티미터 이상인 남자입니다. 키에 비해 발이 작은 중년의 남자지요. 코가 각진 구두를 신었고 인도산 트리치노폴리 시가를 피우는 것 같군요. 여기에는 피살자와 함께 사륜마차를 타고 왔습니다. 말의 편자는 낡은 것이지만, 앞발 하나에 새 편자를 박았습니다. 살인자는 얼굴이 붉고 오른손 손톱이 깁니다. 이건 그저 사소한 것들이지만 도움이 되긴 할 겁니다."

그렉슨과 레스트레이드가 마주 보며 못 믿겠다는 듯 웃었다.

"타살이라면 살해 방법은 뭡니까?"

레스트레이드가 물었다.

"독살이지요."

홈즈는 간단히 말하고 성큼성큼 걸어 나갔다.

"한 가지 더 있습니다. 레스트레이드 씨."

그는 문 밖으로 나가며 덧붙였다.

"'Rache'는 독일어로 복수라는 뜻입니다. 레이첼이라는 여성을 찾을 필요는 없을 겁니다."

홈즈는 최후의 일격을 날리고 사라졌고 남은 두 경쟁자는 입을 다물지 못했다.

4. 존 랜스의 진술

우리가 로리스턴 가든 3번지를 떠난 것은 오후 한 시경이었다. 홈즈와 나는 전신국으로 가서 긴 전보를 쳤다. 그러고는 마차를 세워 타고는 레스트레이드에게 받은 주소지로 향했다.

"가장 좋은 증거는 내가 직접 수집한 것 중에 있습니다."

그가 말했다.

"사실 이 사건에 대해 결론을 내린 상태지만 증거는 많을수록 좋겠지요."

"홈즈 씨, 정말 나를 놀라게 하는군요."

나는 말했다.

"당신이 한 말에 정말 자신이 있습니까?"

"물론이죠."

그가 대답했다.

"나는 도로 가까이에서 제일 먼저 사륜마차가 남긴 두 개의 바퀴자국을 보았습니다. 어젯밤을 제외하곤 비는 일주일 동안 내리지 않았지요. 그러니 바퀴자국은 간밤에 찍힌 게 분명합니다. 말발굽 자국도 있었는데 네 개 중 한 개만 유난히 선명했습니다. 그래서 그게 새 편자 자국이라는 걸 알았고요. 마차는 비가 오기 시작한 후에 왔고, 그렉슨의 말에 따르면 다른 마차는 오지 않았으니 밤중에 다녀갔을 겁니다. 두 사람은 그 마차를 타고 와서 집으로 들어갔고요."

"그렇다고 볼 수도 있겠군요. 그런데 가해자의 키는 어떻게 추리한 거죠?"

내가 물었다.

"남자의 키 같은 건 십중팔구 보폭으로 알 수 있어요. 간단한 계산법을 알려 줄 수도 있지만 숫자들을 가지고 선생을 지루하게 만들 생각은 없습니다. 가해자의 발자국은 뜰에도 있었고 집 안 바닥의 먼지 위에도 있었어요. 그리고 내 계산을 확인할 기회가 있었지요. 사람이 벽에 무언가를 쓸 때는 본능적으로 눈높이에 맞춰 씁니다. 그 글자는 바닥으로부터 180센티미터쯤 위에 쓰여 있었지요. 이건 거의 초급 수준의 추리라고 할 수 있죠."

"그럼 가해자의 나이는?"

나는 물었다.

"135센티미터를 쉽게 건너뛰었으니 힘없는 늙은이는 아니겠지요. 그가 건넜을 정원의 물웅덩이의 폭이 그 정도 되죠. 에나멜 구두는 웅덩이 가장자리를 돌아갔고 각진 구두는 넘어갔어요. 이것은 확실한 정황이죠. 나는 그동안 잡지에 발표해 온 내 관찰과 추론을 실제로 일상생활에 적용한 것입니다. 다른 궁금한 점이 있습니까?"

"손톱과 트리치노폴리 시가는?"

나는 말했다.

"벽의 글자는 검지에 피를 묻혀 썼더군요. 내 확대경으로 보니 글씨 아래 회벽이 약간 긁혀 있었어요. 손톱이 짧았다면 그런 자국이 생길 수 없었을 테지요. 그리고 나는 마룻바닥에는 담뱃재를 모았습니다. 어두운 색의 조각들이었는데 그런 재가 나오는 것은 트리치노폴리 시가뿐이지요. 나는 담뱃재에 대해 깊이 연구한 적이 있습니다. 실제로 논문을 낸 적도 있어요. 자랑 같지만 담배가 알려진 제품이라면 그 재만 보고도 시가인지 궐련인지 한눈에 구별할 수 있습니다. 뛰어난 탐정이 그렉슨이나 레스트레이드 같은 부류와 다른 점은 바로 이런 섬세함이지요."

"그러면 얼굴이 붉다는 건요?"

"그건 내 나름의 과감한 추측이지요. 그러나 아마 맞을 겁니다. 그건 지금 단계에서는 설명할 수 없습니다."

나는 손으로 이마를 짚었다.

"정말 혼란스럽군요."

나는 말했다.

"생각할수록 이상한 점들이 늘어나는군요. 어떻게 그 두 사람은—만약 두 사람이 있었다면—빈집에 들어갔을까요? 그들을 태워다

준 마부는 어떻게 됐을까요? 살인자는 피해자에게 어떻게 독약을 먹였을까요? 피는 누가 흘린 것일까요? 강도가 아니라면 살인의 동기는 무엇이었을까요? 여자의 반지는 어떻게 거기에 있었던 걸까요? 무엇보다도 범인이 도망가기 전에 왜 Rache라는 독일어를 써 놓았을까요? 이 모든 사실들이 어떻게 연관된 건지 저는 도저히 모르겠습니다."

홈즈가 이해한다는 듯 미소 지으며 말했다.

"사건의 어려운 부분을 간단명료하게 잘 짚어 내셨습니다."

그가 말했다.

"나 역시 주요한 사실들에 대해서는 이미 결정을 내렸지만 아직 불확실한 점들이 많이 있습니다. 하지만 그 단어는 사회주의와 비밀단체를 암시하여 경찰의 수사에 혼란을 주기 위한 눈속임이 확실해요. 그건 독일인이 쓴 것이 아닙니다. 선생께서 알아채셨을지 모르지만 'a'는 약간 독일식으로 쓰였습니다. 진짜 독일 사람이라면 라틴 문자를 썼을 겁니다. 그러므로 우리는 그것이 독일인에 의해 쓰인 것이 아니라 서툴게 흉내 낸 것일 뿐이라고 단언할 수 있습니다. 그것은 단순히 수사를 다른 쪽으로 돌리려는 계략이었을 뿐입니다. 더 이상은 얘기하지 않겠습니다. 아시다시피 마술사가 관객에게 자기 마술의 비밀을 모두 알려 준다면 신비감이 떨어지기 마련입니다. 모든 걸 설명해 주면 나를 평범한 보통 사람으로 생각하게 될 테니까요."

"절대 그러지 않을 겁니다."

나는 대답했다.

"당신은 추리를 정교한 과학의 경지까지 끌어올렸습니다."

홈즈는 내가 진심으로 한 말을 듣고 만족스러운 표정을 짓더니 이내 얼굴이 붉어졌다. 예쁘다는 칭찬을 들으면 수줍어하는 소녀들처럼 홈즈 또한 칭찬에 약하다는 걸 나는 잘 알고 있었다.

"그럼 한 가지만 더 말씀드리죠."

그가 말했다.

"에나멜 구두와 각진 구두는 같은 마차를 타고 와서 팔짱을 끼고 아주 다정하게 뜰 앞을 지나갔습니다. 두 사람은 집 안으로 들어가서 방을 서성거렸지요. 아니, 에나멜 구두는 가만히 서 있었고 안을 두리번거린 것은 각진 구두라고 말하는 게 맞겠군요. 그것들은 모두 먼지 위에서 읽을 수 있었습니다. 그리고 각진 구두는 걸으면서 점점 흥분했다는 걸 알 수 있습니다. 보폭이 넓어진 것을 보면 알 수 있습니다. 그는 계속해서 무슨 말을 했고 화가 치밀어 오르고 결국 이 비극적인 사건이 일어난 거지요. 내가 알고 있는 사실을 다 털어놓았습니다. 나머지는 단순한 추정과 추측입니다. 하지만 우리는 좋은 근거를 가지고 있습니다. 서둘러야 합니다. 오늘 오후에 할레 콘서트에 가서 노만 네루다의 연주를 들으려면요."

마차가 끝없이 이어진 우중충한 거리와 음울한 샛길을 빠져나가는 동안 우리는 이런 대화를 나누었다. 마부는 그중 가장 우중충하고 음침한 곳에서 마차를 세웠다.

"저쪽이 오들리 코트입니다."

마부가 칙칙한 색깔의 벽돌담 사이에 있는 비좁은 골목을 가리키며 말했다.

"돌아오실 때까지 여기서 기다리겠습니다."

오들리 코트는 멋진 동네는 아니었다.

좁은 길을 따라 들어가니 포석(鋪石)을 깐 사각의 작은 광장이 나왔고 누추한 주거지들이 줄지어 있었다. 우리는 지저분한 아이들 무리를 지나고 빛바랜 옷들이 걸린 곳을 지나 랜스라는 이름이 새겨진 황동 명판이 문에 붙어 있는 46번가에 도착했다. 물어보니 랜스 순경은 자고 있었고 우리는 응접실로 안내 받아 그를 기다렸다. 잠시 뒤 랜스가 잠자는 것을 방해받았다는 듯 짜증 섞인 표정을 지으며 나타났다.

"이미 보고서는 제출했습니다."

그가 말했다.

홈즈는 주머니에서 반 파운드짜리 금화를 꺼내더니 생각에 잠긴 듯 만지작거렸다.

"직접 만나서 이야기를 듣고 싶었습니다."

그가 말했다.

"아, 그렇다면 뭐든지 기꺼이 말씀드리죠."

순경은 손바닥 위의 금화를 눈여겨보며 대답했다.

"당신이 본 것을 그대로 이야기해 주십시오."

랜스는 말 털로 된 소파에 앉더니 하나도 빼놓지 않고 기억을 떠올리는 듯 미간을 찌푸렸다.

"처음부터 말씀드리지요."

그가 말했다.

"그날 제 근무 시간은 밤 열 시부터 다음 날 아침 여섯 시까지였습니다. 열한 시경에 화이트 하트에서 싸움이 있었지요. 그것 외에는 제 구역은 조용했어요. 새벽 한 시부터 비가 내리기 시작했고, 저는 해리 머쳐를 만났습니다. 그 사람은 홀랜드 그로브 구역을 담당하죠. 우리는 헨리에타 가의 모퉁이에 서서 이야기를 나누었죠. 아마 새벽 두 시경이었을 겁니다. 저는 한 바퀴 돌아봐야겠다고 생각하고 나섰고 브릭스턴 가에는 별일이 없었습니다. 특히나 더럽고 조용했지요. 내려가는 동안 사람은 없었고 마차 한두 대가 지나갔지요. 술 생각이 간절해지더군요. 그렇게 걷고 있던 차에 그 집 창문에서 불빛을 보았습니다. 로리스턴 가든의 그 두 집은 전 세입자가 장티푸스로 죽었는데 아직 하

수도 청소도 되지 않은 빈집이었지요. 그런데 그 집 창틈으로 빛이 새
어 나오는 걸 보고 뭔가 잘못됐다는 느낌이 들었습니다. 제가 현관으
로 막 다가갔을 때……."

"걸음을 멈추고 다시 앞뜰 문으로 돌아갔죠."

홈즈가 끼어들며 다시 한 번 말했다.

"왜 그랬습니까?"

랜스는 흥분한 듯 일어나더니 깜짝 놀란 표정으로 홈즈를 바라봤다.

"그랬습니다."

그가 말했다.

"그걸 대체 어떻게 아셨죠? 아무도 모르는 일인데. 아시다시피 현관에 가니 사방이 너무 조용하고 인적이 드물어서 누구라도 제 곁에 있었으면 했습니다. 이승에 살아 있는 사람이라면 무서울 게 없겠지만 혹시 장터푸스로 죽은 귀신이 자신을 죽게 만든 것이 무엇인지를 알아내기 위해 하수구를 살펴보러 온 게 아닐까 하는 생각이 들어 너무나 두려웠습니다. 혹시 머쳐의 랜턴 불이 비치지 않을까 해서 앞뜰로 돌아갔지요. 하지만 아무도 없었습니다."

"길에는 아무도 없었습니까?"

"아무도요. 개 한 마리 없었습니다. 저는 마음을 단단히 먹고 현관으로 돌아가서 문을 열었죠. 집 안은 고요했습니다. 저는 빛이 새어 나오는 방으로 들어갔죠. 벽난로 위에 양초가 타고 있었는데 붉은색이었죠. 그리고 그 불빛에 비친 것은……."

"알겠소. 당신이 무엇을 보았는지 알고 있소. 그리고 방 안을 몇 바퀴 돌다가 시체 옆에 무릎을 꿇고 앉았지요. 그리고 나와서 부엌문을 열어 볼까 했는데……."

랜스는 하얗게 질리더니 자리에서 벌떡 일어났다. 그리고 의심의 눈초리로 셜록을 쳐다봤다.

"어디 숨어서 그걸 보고 있었죠?"

그가 소리쳤다.

"당신은 너무 많은 걸 알고 있어!"

홈즈가 웃으며 명함을 꺼내 순경 앞에 명함을 던졌다.

"나를 살인범으로 체포할 생각 마시오. 나는 늑대가 아니라 사냥개니까요. 그렉슨이나 레스트레이드가 이 점에 대해 대답해 줄 겁니다. 자, 계속 이야기해 주십시오. 그리고 어떻게 했죠?”

랜스는 다시 앉았지만 여전히 의심을 품고 있는 듯했다.

“나는 문가에서 호루라기를 불었고, 머처와 몇 사람이 현장에 도착했습니다.”

“그때 길에는 아무도 없었단 말입니까?”

“그랬죠. 멀쩡한 사람은 없었죠.”

“그게 무슨 말입니까?”

순경은 피식 웃었다.

"나는 술에 취한 사람들을 많이 보았습니다."

그가 말했다.

"그런데 그렇게 고주망태가 된 사람은 처음 봤어요. 내가 밖으로 나갔을 때 그는 울타리에 기대어 콜럼바인의 〈새로운 깃발〉이라는 노래를 목이 터져라 부르고 있었지요. 그는 몸을 가눌 수 없을 만큼 취해 있었어요."

"어떻게 생긴 자였소?"

셜록 홈즈가 물었다. 랜스는 사건과 관련 없는 걸 물어 다소 짜증난 듯 보였다.

"뭐, 아주 많이 취한 상태여서 이 사건만 없었다면 유치장에 넣었을 겁니다."

"그의 얼굴이나 옷차림, 그런 것들은 못 봤습니까?"

홈즈는 조바심 내며 말을 끊었다.

"머쳐와 함께 그자를 부축하면서 본 것 같긴 합니다. 키가 크고 얼굴이 붉은데 얼굴 아래쪽은 목도리로 칭칭 감고 있어서……."

"좋습니다."

홈즈가 소리쳤다.

"그자는 어떻게 됐지요?"

"그런 작자가 아니라도 우리는 할 일이 많아요."

랜스가 화가난 듯한 목소리로 말했다.

"아마 제집으로 잘 찾아갔을 겁니다."

"옷은 어땠습니까?"

"갈색 외투를 입고 있었습니다."

"손에 채찍 같은 건 없었나요?"

"채찍이요? 아뇨."

"어딘가에 두고 왔겠지."

홈즈가 중얼거렸다.

"그 뒤에 마차를 보거나 지나는 소리는 못 들었소?

"전혀요."

"반 파운드 여기 있소."

내 친구는 일어나 모자를 쓰며 말했다.

"랜스 씨, 그런데 미안하지만 당신은 승진하기는 힘들 것 같소. 장식이 아니라면 그 머리는 쓸 줄 알아야죠. 어젯밤 경사로 승진할 수도 있었는데 말이죠. 어젯밤 당신이 부축했던 그 술주정뱅이가 이 사건의 단서를 쥐고 있단 말이오. 우리가 지금 찾는 바로 그 사람입니다. 뭐이걸로 길게 실랑이를 할 필요는 없겠고 그저 그렇다는 이야기입니다. 갑시다, 박사."

우리는 불편해하는 기색이 역력하고 못미더워하는 정보 제공자를 뒤로하고 마차로 향했다.

"이런 바보 같으니라고!"

하숙집으로 향하는 마차 안에서 홈즈가 쓰디쓴 어조로 말했다.

"눈 뜨고 범인을 놓치다니 한심하군요!"

"홈즈 씨, 나는 아직도 잘 모르겠습니다. 랜스가 설명한 사람이 당신이 추리했던 용의자와 비슷한 건 맞아요. 하지만 그는 왜 현장을 떠났다가 다시 돌아왔을까요? 그건 살인범의 행동이 아니죠."

"반지 때문입니다. 그는 반지 때문에 되돌아왔어요. 그를 잡을 다른 방법이 없다면 우린 그 반지를 이용해 그를 잡아야 해요. 나는 꼭 그를 잡을 겁니다. 내기를 걸어도 좋습니다. 모두 선생 덕택이죠. 선생이 아니었다면 이 사건 현장에 오지 않았을지도 모르고, 훌륭한 연구를 놓쳤을지도 모르지요. 주홍색 연구라고 할까요? 나 같은 사람이 예술적인 표현을 쓴다고 안 될 건 없죠. 인생이 무색의 실타래라면 거기에 살인이라는 주홍색 실이 섞여 있습니다. 우리는 그 실타래를 풀어내고 주홍색 실을 솎아 내야 합니다. 이제 점심이나 먹고 노만 네루다의 연주를 들으러 갈 겁니다. 그녀의 운궁법은 아주 환상적이지요! 그녀의 환상적인 쇼팽 연주, 그 제목이 뭐더라. 트라 라 라 리라 리라 레이!"

아마추어 탐정은 마차에 깊숙이 기대어 종달새처럼 흥얼거렸고, 나는 인간의 정신적인 여러 측면에 대한 사색에 빠졌다.

5. 광고를 보고 온 손님

　몸이 좋지 않은 상태로 오전에 너무 돌아다닌 탓인지 오후가 되자 온몸이 녹초가 되었다. 홈즈가 연주회에 간 뒤 소파에 누워 두세 시간 잠을 자려고 했지만 부질없는 짓이었다. 지금까지 있었던 일 때문에 정신적으로 너무 흥분한 탓에 온갖 공상과 몽상이 밀려왔다. 눈을 감을 때마다 피살자의 일그러진 원숭이 같은 얼굴이 떠올랐다. 그 얼굴이 나에게 주었던 인상이 너무도 무시무시했기 때문에 세상에서 그런 얼굴의 소유자를 제거해 준 사람에게 감사한 감정이 들 정도였다. 인간의 얼굴 중에 가장 사악한 얼굴이 있다면 그건 분명 클리블랜드의 이녹 J. 드레버의 얼굴일 것이다. 하지만 나는 정의가 반드시 실현돼야 한다는 것, 피해자에게 설령 어떤 잘못이 있었다고 해도 살인이 정당화될 수 없다는 것을 믿었다.

그 사건을 생각하면 할수록 그 사람이 독살되었다는 홈즈의 가설이 기이해 보였다. 나는 그가 피살자의 입가에서 킁킁거리며 냄새를 확인하던 것을 기억해 냈다. 그때 뭔가 그런 생각을 떠올릴 만한 것을 탐지했음이 틀림없다. 만일 독살이 아니라면 사인이 무엇일까? 사체에는 외상도 목 졸린 흔적도 없었다. 그런데 바닥에 흥건하게 고인 피는 누구의 것이었을까? 싸움의 흔적도, 상대를 다치게 할 만한 무기도 발견되지 않았다. 이 모든 문제가 해결되지 않는 한 홈즈나 나나 오늘 밤 잠들기는 힘들 것 같았다. 그러나 침착하고 자신감 넘치는 홈즈를 보면 그는 이 모든 것을 명쾌하게 풀어낼 가설을 세운 것이 확실했다. 하지만 나는 그게 무엇인지 도통 알 수가 없었다.

홈즈는 아주 늦게 돌아왔다. 그렇게 늦은 걸 보니 연주회만 다녀온 건 아닌 것 같았다. 저녁 식사는 그가 나타나기 전부터 식탁에 차려져 있었다.

"아주 멋진 공연이었어요!"

홈즈가 식탁 의자에 앉으며 말했다.

"다윈이 음악에 대해 뭐라고 했는지 알고 있습니까? 그는 인간이 언어를 배우기 훨씬 전부터 음악을 만들고 감상할 수 있는 능력을 갖추었다고 주장합니다. 우리가 음악에 그토록 민감하게 반응하는 것은 아마 그것 때문일 것입니다. 그건 원시 시대부터 이어져 내려온 것이지요."

"아주 굉장한 이야기군요."

내가 말했다.

"인간과 자연을 이해하려면 아주 넓게 생각해야 하니까요."

그가 대답했다.

"그런데 왜 그러십니까? 어딘가 불편해 보입니다. 브릭스턴 사건 때문에 충격을 받으셨나 보군요."

"솔직히 말하면 그렇습니다."

나는 말했다.

"총성이 빗발치는 아프가니스탄에서 왔으니 대담해질 만도 한데 그렇게 되지 않는군요. 동료가 마이완드에서 난도질당하는 것을 눈앞에서 보고도 까딱하지 않았는데 말입니다."

"충분히 이해가 갑니다. 이 사건에는 상상력을 자극하는 신비한 뭔가가 있지요. 상상력이 없다면 공포도 없지요. 혹시 석간신문을 읽으셨습니까?"

"못 봤어요."

"이번 사건에 대해 상세하게 소개한 기사가 났더군요. 하지만 시신을 옮길 때 여자의 결혼반지가 떨어졌다는 이야기는 빠져 있었죠. 잘된 일입니다."

"왜 그렇지요?"

"이 광고를 좀 보시죠."

그가 대답했다.

"사건 직후에 나는 이 광고를 모든 신문에 냈지요."

홈즈는 내게 신문을 건네주었고, 그가 가리킨 곳을 보았다. 광고는 '습득물'란 맨 위에 실려 있었다.

오늘 아침 장식이 없고 금으로 된 결혼반지 습득. 발견 장소는 브릭스턴 가 화이트 하트 술집과 홀랜드 그로브 사이. 오늘 저녁 여덟 시에서 아홉 시 사이에 베이커 가 221B번지, 왓슨 박사를 찾아올 것.

"선생의 이름을 허락 없이 썼습니다."

홈즈가 말을 이었다.

"내 이름을 썼다간 어수룩한 경찰들이 알아보고 참견하려 들 것 같아서요."

"괜찮습니다."

나는 대답했다.

"하지만 정말 누가 찾아오기라도 하면 어쩌려고요? 나는 결혼반지가 없습니다."

"여기 있지요."

홈즈가 반지 하나를 내밀었다.

"이거면 충분해요. 모조품입니다."

"홈즈 씨 생각에는 이 광고를 보고 누가 올 것 같습니까?"

"갈색 옷을 입은 남자. 얼굴이 붉고 각진 코의 구두를 신은 친구 말이죠. 만약 그가 직접 오지 않는다면 공범을 보낼 겁니다."

"위험하다고 생각하지 않을까요?"

"전혀요. 이 사건에 대한 내 관점이 옳다면, 물론 그렇게 믿을 만한 이유가 있는데, 그 친구는 이 반지를 찾기 위해서 그 어떤 위험도 감수

할 겁니다. 내 짐작에 따르면 범인은 드레버의 시체 위로 몸을 구부렸을 때 반지를 떨어뜨렸을 겁니다. 그때는 그걸 몰랐던 거죠. 사건 현장을 떠난 뒤 반지를 잃어버린 걸 알고 현장으로 서둘러 돌아갔지만 촛불을 켜 두고 온 바람에 이미 경찰에게 현장을 넘겨주고 말았지요. 그래서 그 집 문 앞에서 경찰의 의심을 사지 않기 위해서 취한 척했던 겁니다. 이제 그 남자의 입장에서 한번 봅시다. 그 반지에 대해서 생각하다가 그 집을 나온 뒤에 길가에서 반지를 잃어버렸을 가능성을 생각했을 겁니다. 그다음엔 어떻게 할까요? 신문 습득물란을 꼼꼼히 뒤지고 있겠죠. 그리고 이 기사를 보고는 눈을 번뜩이겠죠. 기뻐서 어쩔 줄 모를 겁니다. 이게 함정이라고는 생각할 틈이 있을까요? 그의 눈에는 반지와 살인 사건을 연결시킬 이유가 없으니까요. 그자는 올 겁니다. 올 거예요. 우리는 한 시간 이내에 그자를 볼 수 있을 겁니다."

"그가 오면 난 어떻게 해야 합니까?"

나는 물었다.

"그건 내게 맡겨 두십시오. 혹시 무기가 있습니까?"

"오래된 군용 권총과 탄약 몇 개가 있긴 합니다."

"그렇다면 총을 닦고 장전해 놓는 게 좋을 듯합니다. 그자는 필사적일 테니까요. 물론 나도 그자를 덮칠 겁니다. 그래도 만일의 사태를 대비하는 게 좋죠."

나는 홈즈의 말대로 침실에 들어가 권총을 챙겨 두었다. 내가 총을 챙겨 거실로 돌아왔을 때 식탁은 치워져 있었고 홈즈는 바이올린 연주에 심취해 있었다.

"점점 흥미로워지는군요."

내가 들어서자 홈즈가 말했다.

"미국으로 보낸 전보의 답신이 왔습니다. 내 생각이 맞았습니다!"

"그게 뭔가요?"

나는 초조하게 물었다.

"바이올린 줄을 바꿀 때가 됐군요."

그가 말했다.

"권총은 주머니에 넣어 두십시오. 그자가 오면 평상시처럼 행동하시고요. 모든 건 내가 알아서 하겠습니다. 너무 뚫어져라 쳐다봐서 그를 놀라게 하면 안 됩니다."

"막 여덟 시가 되었군요."

내가 시계를 흘끗 보며 말했다.

"그렇군요. 그자가 곧 도착할 겁니다. 문을 약간 열어 놓으십시오. 그 정도면 됐습니다. 이제 열쇠는 안쪽에 넣어 두십시오. 감사합니다. 이건 어제 제가 노점에서 산 것인데 기이한 고서적입니다.《민족 간의 법》이라는 책이죠. 라틴어로 되어 있는데 1642년 로랜즈 리에주에서 발간됐습니다. 이 갈색 표지의 작은 책이 나온 것은 찰스 1세의 머리가 아직 그의 목에 붙어 있을 때지요."

"발행인은 누구죠?"

"필립 드 크로이. 누군지는 모르겠지만 말이죠. 표지 안쪽에 색 바랜 잉크로 적은 '윌리엄 화이트의 장서'라는 문구가 있습니다. 윌리엄 화이트가 누구일까요? 필체를 보니 권세를 부리던 17세기 변호사 같군요. 그자가 오는 것 같습니다."

홈즈가 말하는데 초인종이 날카롭게 울렸다. 셜록 홈즈는 슬그머니 일어나서 그의 의자를 문 쪽으로 옮겼다.

하녀가 현관으로 가는 발소리가 들리더니 문 여는 소리가 들렸다.

"왓슨 박사님 계십니까?"

또렷하지만 거친 목소리로 물었다. 하녀의 대답 소리는 잘 들리지 않았지만 문이 닫히고 누군가가 계단을 오르기 시작했다. 발을 약간 끄는 듯 했다. 유심히 듣던 홈즈의 표정에 당혹감이 스쳤다. 그 사람은 천천히 복도를 따라 걸어왔고, 아주 약하게 문을 두드리는 소리가 들렸다.

"들어오십시오."

내가 외쳤다. 방으로 들어온 사람은 우리가 예상한 건장한 사내가 아니라 다리를 절름거리는 주름투성이 노파였다. 노파는 갑작스러운 불빛에 눈이 부신 듯 보였고, 우리에게 고개를 숙여 인사를 한 뒤 흐린 눈을 깜박이며 떨리는 손으로 주머니를 뒤졌다. 내 친구를 흘긋 보니 그의 표정은 암담해 보였다. 내가 할 수 있는 일이라곤 아무렇지도 않다는 듯한 표정을 짓고 있는 것뿐이었다.

그 노파는 석간신문을 꺼냈다. 그리고 우리가 냈던 광고를 가리켰다.

"이걸 보고 왔어요, 신사 양반들."

그녀가 다시 한 번 고개 숙여 인사를 하며 말했다.

"브릭스턴 가에서 주운 그 결혼반지는 내 딸 샐리의 것이요. 결혼한 지 이제 갓 일 년이 지났지. 남편은 유니언 기선 객실 승무원으로

있다우. 결혼반지를 잃어버린 걸 알면 야단이 날 거예요. 제정신에도
성미가 급한데 술이라도 먹는 날에는 어떻게 되겠수. 어젯밤에 딸애가
서커스를 보러 갔다가…….”

“이게 따님 반지가 맞나요?”

내가 물었다.

“하나님, 감사합니다!”

노파가 소리를 질렀다.

“샐리가 이제야 마음을 놓을 거요. 이게 바로 그 반지라우.”

"어르신, 어디에 사십니까?"

내가 연필을 잡으며 물었다.

"하운즈디치 던컨 가 13번지라오. 여기서 꽤 먼 거리지요."

"서커스가 벌어지는 장소와 하운즈디치 사이에 브릭슨 가로 이어지는 곳은 없지요."

노파는 얼굴을 돌려 붉게 충혈된 작은 눈으로 홈즈를 노려보았다.

"신사 양반은 내가 사는 곳을 물었잖우."

노파가 말했다.

"내 딸 샐리는 페컴 메이필드 플레이스 3번지에 살고 있소."

"할머니 존함이 어떻게 되시죠?"

"내 성은 소여이고 샐리의 성은 데니스라우. 톰 데니스와 결혼했지. 톰은 배를 탈 때는 똑똑하고 아주 깔끔한 사내라 그 신박사에 그만한 직원은 없을 거야. 하지만 육지만 나오면 여자에 술집에……."

"여기 반지를 받으십시오, 소여 부인."

나는 홈즈의 눈짓에 노파의 말을 자르며 말했다.

"이것은 분명 따님의 것이니 돌려 드릴 수 있어서 기쁩니다."

노파는 고맙다는 인사를 몇 번이나 하며 반지를 주머니에 넣고 절름거리며 계단을 내려갔다. 홈즈는 노파가 나가자마자 벌떡 일어나 그의 방으로 갔다. 그리고 두꺼운 더블코트와 스카프를 두르고 나타났다.

"노파를 따라가야겠어요."

그는 급히 말을 이었다.

"그녀는 공범이에요. 나를 범인에게 안내해 줄 겁니다. 선생은 여기

에서 기다리세요."

홈즈가 계단을 내려가기 전에 현관문이 세게 닫히는 소리가 났다. 창문을 내다보니 노파는 힘없이 길 건너편을 걷고 있었다. 홈즈는 약간의 거리를 두고 노파를 뒤쫓아 갔다.

"홈즈의 모든 이론이 틀리지 않다면 이제 이 수수께끼의 실마리를 찾을 수 있겠군."

나는 속으로 생각했다. 그가 나에게 기다리라고 말할 필요도 없었다. 그 일에 대한 결과를 듣기 전까지 나는 잠을 이룰 수 없었기 때문이다.

홈즈가 집을 나선 것은 아홉 시쯤이었다. 얼마나 걸릴지 모르겠지만 무심히 앉아서 파이프 담배를 물고 앙리 뮈르제르의《보헤미안 생활》을 훑어 보았다. 열 시가 지나자 하녀들이 침실로 들어가는 발소리가 들렸다. 열한 시에는 내 방을 지나 침실로 가는 집주인의 발소리가 들렸다. 날카롭게 열쇠 돌아가는 소리가 들린 것은 열두 시가 거의 다 됐을 때였다. 그가 방에 들어오자마자 그의 얼굴을 살폈는데 뭔가 잘 못되었다는 것을 느꼈다. 그의 얼굴은 즐거움과 분노가 뒤엉켜 있는 듯하더니, 즐거움이 싸움에서 승리한 모양인지 이내 허탈하게 웃음을 터뜨렸다.

"죽어도 이 일을 경찰에게 알리지 않을 겁니다."

그는 의자에 털썩 앉으며 소리쳤다.

"내가 그 사람들을 그렇게 놀려 댔는데 어떻게 이런 이야기를 할 수 있겠습니까. 그래도 어차피 내가 판세를 다시 뒤집을 테니 웃을 수 있는 겁니다."

"대체 어떻게 된 겁니까?"

내가 물었다.

"나에게 불리한 얘기이긴 하지만 말씀드리죠. 그 노파는 절름발이 행세를 하며 지나는 사륜마차를 세우더니 오르더군요. 나는 주소를 들으려고 최대한 가까이 따라붙었습니다. 그런데 그럴 필요도 없었지요.

길 건너편 사람도 들릴 정도로 큰 소리로 외쳤으니까요. '하운즈디치, 던컨 가 13번지로 갑시다.' 노파가 소리쳤고, 나는 이 주소가 진짜라고 생각한 후 노파가 마차에 탄 걸 확인하고 마차 뒤에 달라붙었지요. 탐정이라면 누구나 알고 있는 기술이지요. 마차는 덜컹거리며 출발했고 의문스럽게도 목적지에 도착할 때까지 말고삐를 한 번도 당기지 않았어요. 그 집 문 앞에 다다르기 전에 난 뛰어내렸고, 느긋하게 길을 걸어 내려갔습니다. 마차가 멈추는 게 보였습니다. 마부가 내려 누군가 내리기를 기대하며 문을 열었습니다. 그런데 아무도 내리지 않았습니다. 가까이 다가가 보니 마부가 빈 마차 안을 미친 듯이 뒤지며 욕을 퍼붓더군요. 노파는 흔적도 없이 사라졌습니다. 마부가 돈도 받기 전인 것 같더라고요. 13번지에 가서 그녀에 대해 물으니 그 집은 케스윅이라는 훌륭한 도배장이의 집이라더군요. 소여나 데니스라는 이름은 들어 본 적도 없다고."

"설마. 그럼 그 절름발이 할머니가 달리는 마차에서 그것도 당신이나 마부에게 들키지 않고 도망을 쳤단 말인가요?"

나는 놀라서 소리쳤다.

"노파? 웃기는 소리지요."

셜록 홈즈는 날카롭게 말했다.

"그자는 젊은 놈이었을 겁니다. 그리고 아주 활동적인 놈이고요. 게다가 연기는 배우 뺨칠 실력에, 변장 또한 따라올 자가 없었지요. 미행당하는 걸 눈치채고 그런 술수로 날 완전히 따돌린 게 분명합니다. 그는 우리가 생각한 것처럼 혼자서 행동하는 자가 아닙니다. 위험을 무릅쓰고 도와줄 조력자들이 있을 거예요. 아주 녹초가 되어 버렸군요. 오늘은 이만 쉬지요."

나는 너무나 피곤해서 그의 말을 따랐다. 난롯가에서 울분을 삼키는 홈즈를 뒤로 하고 침실로 들어갔다. 낮게 퍼지는 그의 바이올린 소리가 어찌나 우울한지 그는 여전히 그 사건을 되뇌고 있는 게 확실했다.

6. 토비아스 그렉슨의 추리

　다음 날 신문에는 이른바 '브릭스턴 수수께끼' 사건의 기사가 쫙 깔렸다. 어느 신문에는 장문의 사건 기사가 실렸고, 일부 신문에는 그 사건에 대한 사설까지 실렸다. 그중에는 내가 미처 몰랐던 것도 있었다. 나는 그 사건에 대한 기사를 스크랩 해 놓았다. 그것들 중 몇 개를 요약해 보자면 이렇다.

　〈데일리 텔레그래프〉는 이 사건을 영국 범죄 역사상 외국인이 희생된 가장 비극적인 사건으로 꼽았는데 피살자의 이름이 독일계이며 특별한 살인 동기가 없는 것, 그리고 벽에 남겨진 섬뜩한 글씨 등으로 보아 정치적 명망가와 혁명가들의 소행일 것으로 추측했다. 미국에는 많은 사회주의 조직이 있는데 그들의 불문율을 어겨서 이곳까지 추적당해 사망한 것이 틀림없다는 것이었다. 그리고 야간 비밀 재판 제도, 토

파나 액, 브랑빌리에 후작 부인, 다윈의 진화론, 맬더스의 인구론, 래트클리프 하이웨이 살인 사건을 언급하며 정부를 꾸짖고 외국인들에 대한 관리 감독을 강화해야 한다고 전했다.

〈스탠다드〉는 이러한 사건은 자유주의적 행정과 불가분의 관계에 있다고 전했다. 또 불안한 군중 심리와 정치권의 영향력이 추락한 것을 근본적인 이유로 보았다. 기사에 따르면, 피살자는 런던에 몇 주 동안 거주했던 미국 신사였고 캠버웰 토퀘이 테라스에 있는 차펜티어 부인의 하숙집에 머물렀다. 조셉 스탠거슨이라는 개인 비서와 여행 중이었는데 두 사람은 하숙집 여주인에게 작별을 고하고 지난 화요일 리버풀행 급행열차를 타려고 유스턴 역으로 떠났다. 나중에 역 플랫폼에서 목격되기도 했다. 드레버의 사체가 유스턴 역에서 몇 킬로미터 떨어진 브릭스턴 가에서 발견되기까지 그들의 행적에 대해 밝혀진 것은 없었다. 드레버 씨가 어떻게 그곳에 가게 됐는지 또는 어떻게 범인과 만나게 되었는지도 수수께끼였다. 스탠거슨의 행방도 묘연하다고 했다. 다행히 런던 경시청의 레스트레이드 형사와 그렉슨 형사가 이 사건을 맡고 있으며 이들이 속히 사건을 해결할 것이라 전했다.

〈데일리 뉴스〉는 이 사건을 정치적 사건으로 단정했다. 유럽 정부를 자극하는 자유주의에 대한 독선과 증오가 영국의 해안가로 수많은 외국인들이 몰리게 만들었는데, 그들이 겪었던 이 모든 기억들만 아니면 좋은 시민이 되었을 사람들이라는 내용이었다. 역시 이곳의 법을 따르지 않으면 죽음을 피해 갈 수 없다고 전했다. 피살자의 비서 스탠거슨을 찾는 일에 주력해야 하며 피살자의 하숙집을 찾은 것이 지금까지 수사의 가장 큰 성과라고 보았다. 또한 이것은 전적으로 영국 경시청 소속 그렉슨 형사의 기민함에서 비롯되었음을 크게 기사화했다.

셜록 홈즈와 나는 아침 식사를 하며 이 기사들을 읽었다. 홈즈는 아주 재미있어하는 눈치였다.

"어찌 됐든 모든 공은 레스트레이드와 그렉슨에게 돌아간다고 내가 말하지 않았습니까."

"그건 일이 어떻게 밝혀지느냐에 따라 달라지겠지요."

"아니. 그것과는 전혀 상관이 없습니다. 사건이 해결되면 그들의 노

력 '덕택'이고 미제로 남으면 노력에도 '불구하고' 풀리지 않았다고 하겠지요. 어떻게 되든 모든 공로는 그들에게 돌아갈 겁니다. 그들이 뭘 하든 그들에겐 추종자들이 있으니까요. '바보에 열광하는 멍청이들은 헤아릴 수 없이 많다'는 프랑스 속담을 떠올려 보십시오."

"대체 이게 무슨 소리죠?"

나는 외쳤다.

바로 그 순간 아래층 현관과 계단에서 여러 사람의 소란스러운 발자국 소리와 여주인의 괴성이 들렸다.

"베이커 가의 소년 탐정단!"

홈즈가 근엄하게 말했다. 말을 마치자마자 누더기를 입은 부랑아 여섯 명이 방 안으로 들어섰다.

"차렷!"

홈즈가 날카로운 목소리로 외쳤다. 그리고 여섯 명의 지저분한 작은 악당들이 마치 아무렇게나 만든 작은 조각상들처럼 줄지어 서 있었다.

"앞으로는 대표로 위긴스만 들어오고 다른 사람들은 밖에서 대기하거라. 위긴스, 그걸 찾아냈나?"

"아직 못 찾았습니다."

그들 중 한 명이 말했다.

"그래, 쉽진 않을 거야. 계속 찾아보거라. 수고비는 여기 있다."

홈즈가 소년들에게 1실링씩을 나눠 주었다.

"자, 이제 가 보거라. 다음번에는 성과물을 가져올 수 있기를."

홈즈가 손짓하자 소년들은 쥐새끼들처럼 쪼르르 계단을 내려갔다.

곧이어 길거리에서 그들의 소란스러운 소리가 들렸다.

"저 어린 거지 중 하나가 열두 명의 경찰보다 더 쓸모가 있지요."

홈즈가 말했다.

"사람들은 제복을 입은 사람들만 봐도 입을 꾹 다뭅니다. 하지만 이 애들은 어디든 갈 수 있고 무엇이든 들을 수 있답니다. 또한 저 애들은 바늘처럼 아주 예리하지요. 조직력만 조금 갖춘다면 아주 훌륭한 집단이에요."

"브릭스턴 사건에 저 아이들을 고용한 건가요?"

"그렇습니다. 꼭 확인하고 싶은 게 있어서요. 시간이 문제이긴 하지만요. 잠깐! 곧 재미있는 소식을 듣게 되겠군요. 아주 기분 좋은 얼굴로 그렉슨이 이쪽으로 오고 있네요. 아마 우리를 만나러 오는 거겠죠. 그가 멈췄네요. 저기 그가 있어요."

요란스러운 초인종 소리가 들리더니 금발 머리의 그렉슨이 한 번에 세 계단씩 뛰어 올라와 거실로 들이닥쳤다.

"홈즈 씨, 축하해 주십시오."

그가 무덤덤한 홈즈의 두 손을 꼭 잡았다.

"내가 사건을 깨끗이 해결했습니다."

그러자 친구의 얼굴에 불안의 그림자가 스쳤다.

"일이 잘 진행되고 있다는 말씀이신가요?"

"잘 진행되냐고요? 아니, 선생, 우리는 범인을 잡았습니다."

"그게 누구이지요?"

"아서 차펜티어, 해군 중사입니다."

그렉슨이 가슴을 펴고 두 손을 맞잡으며 만족스러운 표정을 지었다.

홈즈는 안도의 한숨을 쉬며 웃어 보였다.

"이쪽에 앉으셔서 시가 한 대 태우시지요."

홈즈가 말을 이었다.

"어떻게 해낸 건지 알고 싶습니다. 위스키를 좀 들겠습니까?"

"그거 좋죠."

형사가 대답했다.

"이틀 동안 얼마나 애썼는지 모릅니다. 아주 녹초가 됐어요. 육체적으로 힘들기보다는 정신적으로 힘들었죠. 셜록 홈즈 씨도 저처럼 머리를 많이 쓰시는 분이니 제 마음을 잘 아실 겁니다."

"과찬이십니다."

홈즈가 진지하게 말했다.

"그런데 어떻게 그렇게 만족할 만한 결과를 얻게 되신 건지 들어 봅시다."

형사는 안락의자에 앉아서 만족스러운 듯 시가를 빨았다. 그러고는 갑자기 그의 허벅지를 철썩 치며 웃었다.

"웃긴 건 말이죠. 저 바보 같은 레스트레이드지요. 그는 자기가 굉장히 똑똑한 줄 아는데 완전히 잘못 짚었어요. 그는 아직도 사건과 아무 상관도 없는 비서 스탠거슨을 쫓고 있으니까요. 아마 지금쯤은 잡았을 겁니다."

그렉슨은 그 생각이 그렇게 우스운지 숨이 막힐 때까지 웃어 댔다.

"그렇다면 당신은 어떻게 단서를 찾았죠?"

"모두 알려 드리지요. 물론 왓슨 박사에게도요. 이건 우리만의 비밀로 합시다. 처음 맞닥트린 어려움은 살해된 미국인의 신원을 파악하는 것이었죠. 어떤 사람들은 광고를 내고 기다리거나 누군가가 제보를 해주길 기다리겠지요. 하지만 그런 건 이 토비아스 그렉슨의 방식이 아니지요. 시체 옆에 있던 모자를 기억하십니까?"

"기억합니다. 캠버웰로 129번지, 존 언더우드와 아들들이 운영하는 상점의 제품이었지요."

홈즈가 말했다.

그렉슨은 꽤 의기소침한 것 같았다.

"선생도 그걸 봤을 줄 몰랐소. 아무튼 그 가게에 가 보셨습니까?"

"아니요."

"이런!"

그렉슨은 안도하며 외쳤다.

"아무리 작은 기회여도 절대 무시해선 안 됩니다."

"위대한 정신에 중요하지 않은 것은 없지요."

홈즈가 훈계조로 말했다.

"언더우드 상점에 갔죠. 그리고 주인에게 그 사이즈와 모양의 모자를 판 적이 있냐고 물었죠. 그는 장부를 찾아보더니 바로 알려 주었습니다. 토퀘이 테라스의 차펜티어 하숙집에 사는 드레버 씨에게 보냈다는 겁니다. 그렇게 주소를 얻었지요."

"대단하시군요, 아주 대단해요!"

셜록 홈즈가 중얼거렸다.

"그러고 나서는 차펜티어 부인을 찾아갔습니다."

형사는 계속해서 말을 이었다.

"부인은 얼굴이 창백하고 괴로워 보였지요. 그녀의 딸도 방에 있었는데 부인처럼 절세의 미인이었어요. 그런데 내가 말을 하려는데 눈이 새빨개져서는 입술을 파르르 떨더라고요. 나는 그걸 놓치지 않았습니다. 뭔가 수상한 냄새가 났죠. 홈즈 씨도 아시죠? 사건의 실마리에 접근할 때 느껴지는 그 예리한 기운! 온몸에 퍼지는 전율을요.

'최근 이 집에 살았던 클리블랜드의 이녹 J. 드레버의 죽음에 대해 아십니까?'

이렇게 물었죠.

부인이 고개를 끄덕이더군요. 부인은 한마디도 할 수 없는 것처럼 보였어요. 그러더니 딸이 울음을 터뜨렸습니다. 나는 이 사람들이 사건에 대해 많은 것을 알고 있을 거라고 직감했습니다.

'드레버 씨가 몇 시에 기차를 타려고 집을 나섰지요?'

나는 이렇게 물었습니다.

'여덟 시예요.'

부인은 동요하지 않으려 침을 꿀꺽 삼키며 말했습니다.

'비서 스탠거슨 씨는 기차가 둘 있다고 했어요. 아홉 시 십오 분 그리고 열한 시에 떠나는 기차요. 그는 앞 시간에 떠나는 기차를 탄다고 했어요.'

'그러면 그때 드레버 씨를 마지막으로 보신 건가요?'

내가 그렇게 물었을 때 차펜티어 부인의 얼굴이 하얗게 질려 일그러지더군요. 얼굴이 아주 잿빛이 되더라고요. 부인은 한참 뒤에야 겨우 목소리를 가다듬고 '네'라고 대답하더군요. 부인은 부자연스럽고 쉰 목소리로 대답했습니다. 그리고 얼마간 침묵이 흘렀습니다. 그 뒤 딸이 차분하고 분명한 목소리로 이야기했습니다.

'어머니, 거짓말해서 좋을 게 뭐 있어요. 솔직하게 이야기하는 게 낫겠어요. 형사님, 우리는 드레버 씨를 다시 보았습니다.'

그녀가 말했습니다.

'오, 하나님!'

차펜티어 부인이 두 손을 번쩍 들고 의자에 주저앉으며 외쳤다.

'네가 네 오빠를 죽이는구나.'

딸은 '아서 오빠도 사실을 말하는 걸 원할 거예요'라고 단호하게 이야기했습니다. '모두 말하는 게 더 나을 겁니다. 반만 말하는 건 아예 말하지 않는 것보다 나쁘지요. 게다가 우리가 얼마나 알고 있는지 모르시지 않습니까?'라고 내가 말했습니다.

그러자 부인은 '모두 네 잘못이야, 앨리스!'라고 소리치고 나에게 고개를 돌렸습니다.

'모두 말씀드릴게요. 제가 아들 때문에 이렇게 걱정하는 것은 그 녀석이 끔찍한 짓을 저질렀을지도 모른다고 생각하기 때문은 아닙니다. 제 아들은 이 무서운 사건과는 전혀 관계가 없어요. 그 애는 죄가 없어요. 하지만 제 두려움을 형사님이 눈치채셨으니 그 애가 위험해질 수도 있겠군요. 그렇지만 그건 있을 수 없는 일이에요. 우리 아들은 아주 훌륭한 인품을 갖췄어요. 직업이나 경력을 봐도 아실 거예요.'

'가장 좋은 것은 모두 털어놓는 것입니다.'

나는 대답했습니다.

'부인의 아드님이 결백하다면 별일 없을 겁니다.'

'애야 넌 나가는 게 좋겠구나.'

부인이 이렇게 말하자 딸은 방을 나갔습니다.

'형사님.'

부인이 말을 이었습니다.

'저는 말할 의도는 없었습니다. 하지만 가엾은 내 딸이 말해 버렸으니 나는 이제 다른 방법이 없네요. 말하기로 결심을 했으니 작은 것도 빠뜨리지 않고 다 말씀드릴게요.'

'현명한 선택이십니다.'

나는 이렇게 말했습니다.

'드레버 씨는 우리 집에 삼 주 정도 있었어요. 드레버 씨와 비서 스탠거슨 씨는 유럽을 여행했지요. 가방에 코펜하겐 라벨이 붙어 있는 것을 보았어요. 그들은 코펜하겐에서 온 것 같았어요. 스탠거슨 씨는 아주 조용하고 점잖은 이였어요. 하지만 드레버 씨는, 이런 말 하긴 좀 미안하지만, 좀 거칠고 난폭했어요. 도착한 그날도 술에 취했고, 낮 열두 시 이후에는 맨 정신일 때가 없었지요. 하녀들에게 집적대기도 했지요. 무엇보다도 참을 수 없는 건 제 딸 앨리스한테까지도 그랬다는 겁니다. 그리고 그 사람이 딸아이에게 추잡한 말을 했지만 다행히 제 딸이 너무 순진해서 그 말을 이해하지 못했답니다. 한번은 딸아이의 팔을 잡아당겨서 껴안기도 했지요. 그 무례함을 보고 비서가 나서

서 신사답지 못한 행동이라고 나무라기까지 한 일도 있었고요.'

제가 물었습니다.

'그런데 왜 참고만 계셨습니까? 하숙인들이야 얼마든지 내보낼 수 있었을 텐데요.'

그러자 차펜티어 부인이 제 질문을 듣고 얼굴을 붉히며 말했습니다.

'저는 그 사람이 온 날 바로 나가라고 하고 싶었습니다.'

부인이 말했다.

'하지만 그럴 수 없었어요. 하루에 한 사람당 1파운드씩을 냈지요. 일주일이면 14파운드죠. 요즘은 불경기잖아요. 전 과부이고 해군에 있는 아들에게 돈이 많이 들어갔습니다. 그놈의 돈이 뭐라고. 그래도 참고 최선을 다했습니다. 그렇지만 딸에게 한 행동만큼은 참을 수 없어 결국은 나가 달라고 했지요. 그게 그들이 떠난 이유였습니다.'

'그 후에는요?'

'그들이 떠나는 걸 보니 마음이 놓였어요. 아들이 휴가를 나와 있었어요. 아들은 성질이 사납지만 여동생을 무척 아껴서 그 녀석에겐 이 일에 대해 말하지 않았지요. 그들이 가고 문을 닫고 들어서는데 적잖이 홀가분한 기분이 들었어요. 그런데 한 시간도 지나지 않아 초인종 소리가 들렸어요. 드레버 씨가 돌아왔더군요. 그는 아주 흥분해 있었고 술에 쩔어 있었죠. 그리고 제가 딸아이와 같이 있는 방으로 억지로 밀고 들어와서는 기차를 놓쳤다며 말도 안 되는 소리를 늘어놓았어요. 그러더니 딸아이에게 같이 가자고 하더군요. 바로 제가 보는 앞에서요. 그놈은 딸아이에게 이제 성인이니 법적으로 문제 될 것도 없고 저런 할망구 대신 돈 많은 자기와 같이 살자고 하더군요. 공주처럼 살게 해 주겠다면서요. 앨리스는 겁에 질려서 몸을 움츠렸지만 그놈이 딸의 손목을 잡고 문 쪽으로 끌고 갔어요. 나는 소리를 질렀고 그때 아들 아서가 방으로 들어왔지요. 그다음엔 어떤 일이 벌어졌는지는 모르겠어요. 욕하며 싸우는 소리가 크게 들렸습니다. 난 너무 무서워서 고개를 들 수 없었지요. 제가 고개를 들었을 때 아서는 몽둥이를 들고 문가에서 웃고 있었지요. 그놈이 다시는 성가시게 굴지 못할 거예요, 라고 아들이 말했죠. 그래도 저 자식이 무슨 짓을 할지 모르니 제가 따라가 볼

게요, 라고 아들이 말하고는 모자를 쓰고 밖으로 나갔어요. 그리고 다음 날 드레버 씨가 의문의 죽음을 당했다는 말을 들었어요.'

차펜티어 부인은 숨을 헐떡이며 겨우 입 밖으로 이 이야기를 털어놓았습니다. 어떤 때는 목소리가 너무 작아서 뭐라고 하는지 알아듣기 힘들 때도 있었죠. 하지만 나는 부인이 말하는 것을 속기로 다 적어 두었어요. 그러니까 틀릴 리는 없을 겁니다."

"대단히 흥미롭군요."

홈즈가 하품을 하며 말했다.

"그다음엔 어떻게 됐죠?"

"차펜티어 부인이 이야기를 멈추었을 때……."

그렉슨이 말을 이었다.

"저는 이 사건이 하나의 요점에 달려 있다는 걸 깨달았어요. 나는 부인을 똑바로 쳐다보고—이 방법은 늘 여자에게 효과가 있지요—아들이 몇 시에 돌아왔느냐고 물었죠.

'모르겠습니다.'

부인이 대답했죠.

'모른다고요?'

'아들은 현관 열쇠를 갖고 다닙니다. 그래서 언제든 들어올 수 있죠.'

'부인이 잠든 다음에 왔다는 말씀인가요?'

'예.'

'부인은 몇 시에 잠자리에 들었습니까?'

'열한 시쯤이요.'

'그럼 댁의 아드님은 적어도 두 시간은 밖에 머물렀던 거군요.'

'예.'

'어쩌면 네 시간에서 다섯 시간일 수도 있지요.'

'예.'

'그 시간 동안 무엇을 했을까요?'

'모르겠습니다.'

부인은 입술이 하얗게 질려서 대답했습니다.

물론 그다음에 나는 더 할 수 있는 게 없었습니다. 저는 경찰관 두 명을 데리고 차펜티어 중사를 찾아내 체포했습니다. 내가 그의 어깨를 치며 조용히 우리를 따라오라고 경고했을 때 그자가 아주 뻔뻔스럽게 말하더군요.

'내가 그 더러운 작자 드레버와 관련이 있다는 겁니까?'

우리 중 누구도 드레버에 대한 이야기를 꺼내지 않았는데 그 이야기를 해서 더욱 의심스러웠습니다."

"그렇군요."

홈즈가 말했다.

"그는 드레버를 쫓아갈 때 가지고 나갔던 무거운 몽둥이를 여전히 갖고 있었습니다. 튼튼한 참나무로 만든 몽둥이였어요."

"그렇다면 그렉슨 씨의 가설은 무엇입니까?"

"제 추리는 이렇습니다. 그는 드레버를 브릭스턴 가까지 쫓아갔다는 거죠. 그리고 그곳에서 둘이 다시 언쟁이 일어났고 차펜티어는 말다툼 끝에 드레버를 몽둥이로 내리쳤습니다. 명치끝을 내리치면 상처

하나 남기지 않고 죽일 수 있었겠죠. 그날은 비가 억수같이 내리치는 새벽이라 목격자는 없었지요. 그래서 그는 빈집에 시체를 끌어다 놓았죠. 촛불, 피, 벽에 쓰인 글씨, 그리고 반지는 모두 수사에 혼선을 일으키기 위한 속임수들이죠."

"훌륭하군요!"

홈즈는 격려하는 투로 말했다.

"그렉슨, 아주 잘하고 있습니다. 앞으로 뭔가 해내겠는데요!"

"제 자랑 같아 좀 머쓱하지만 제 나름대로는 명쾌하게 풀어냈다고 생각합니다."

그렉슨이 자랑스러운 듯 대답했다.

"그 젊은 친구는 자발적으로 말하더군요. 드레버는 미행당하는 것을 눈치채자 마차를 타고 도망쳤습니다. 그리고 자신은 마침 오래전에 알았던 선원을 만나 거리를 좀 걸었다는군요. 그 선원이 어디에 사느냐는 질문에는 명확하게 대답하지 못했습니다.

나는 이 사건이 이상하게도 딱딱 들어맞는 것 같습니다. 재미있는 건 완전히 헛다리를 짚고 있는 레스트레이드의 어이없는 추리입니다. 나는 그가 허탕을 치고 올까 걱정입니다. 아이고, 호랑이도 제 말 하면 온다더니!"

그때 계단을 올라와 우리가 있는 곳으로 들어온 사람은 정말 레스트레이드였다. 평소의 경쾌하고 확신에 찬 그의 모습은 온데간데없어 보였다. 그의 얼굴은 불안해 보였고 뭔가 문제가 생긴 듯했으며 옷차림 또한 엉망으로 흐트러져 있었다. 그는 분명 홈즈에게 자문을 구하러 온 것 같았다. 왜냐면 그의 동료를 보고는 당황하는 기색이 역력했기 때문이다. 그는 방 한가운데 서서 불안에 싸여 모자를 만지작거리며 어쩔 줄 몰라 했다.

"이건 이상한 사건입니다. 정말 알 수 없는 사건이죠."

그가 마침내 입을 열었다.

"이제야 그걸 알았구만, 레스트레이드?"

그렉슨이 의기양양해하며 소리쳤다.

"나는 자네가 그런 결론에 도달했을 줄 알았는데. 비서인 조셉 스탠

거슨은 찾았나?”

　　레스트레이드는 근심스럽게 말했다.

　　“비서인 조셉 스탠거슨 씨는⋯⋯. 오늘 아침 여섯 시에 할리데이스 프라이빗 호텔에서 살해되었습니다.”

7. 어둠 속의 빛

레스트레이드가 가져온 정보는 너무 중대하고 예상치 못했던 일이라 우리 세 사람은 할 말을 잃었다. 그렉슨은 의자에서 벌떡 일어서다 남은 위스키 잔을 엎었다. 나는 아무 말도 하지 않은 채 홈즈를 바라보았는데 그는 입술을 꽉 다문 채 미간을 찌푸리고 있었다.

"스탠거슨도!"

그는 중얼거렸다.

"사건이 더욱 복잡하게 됐군."

"처음부터 충분히 그랬죠."

레스트레이드가 의자를 끌어당기며 투덜거렸다.

"전쟁이 따로 없군요."

"자네, 그, 그게 모두 확실한가?"

그렉슨이 더듬거리며 말했다.

"방금 사건 현장에서 오는 길이야."

레스트레이드가 말했다.

"사건 현장을 처음 발견한 사람이 바로 나일세."

"우리는 이 사건에 대한 그렉슨 씨의 견해를 듣던 중이었습니다."

홈즈가 말을 이었다.

"그럼, 레스트레이드 씨가 지금까지 조사한 내용을 말씀해 주시겠습니까?"

"그러죠."

레스트레이드가 의자에 앉으며 말을 이었다.

"솔직히 저는 스탠거슨이 드레버의 죽음과 연관되었다고 생각했었습니다. 그런데 이 새로운 사건이 내가 완전히 잘못 짚었다는 걸 보여 준 셈이죠. 저는 스탠거슨의 동태를 파악하는 일이 무엇보다 중요하다고 생각하고 조사하기 위해 뛰어들었죠. 두 사람은 3일 저녁 여덟 시 삼십 분경 유스턴 역에서 목격됐습니다. 그리고 드레버는 새벽 두 시에 브릭스턴 가에서 시체로 발견됐지요. 제가 당면한 문제는 8시 반과 범행이 일어난 시간 사이에 스탠거슨은 대체 어디서 뭘 했는지 그리고 그 후에 그가 어떻게 되었는지를 밝히는 것이었습니다. 나는 리버풀에 전보를 쳐서 그의 인상착의를 말해 주고 그가 미국 선박에 그가 타는지 계속해서 지켜보라고 했지요. 그 뒤 유스턴 근처의 모든 숙박업소에 전화를 했습니다. 여러분도 알다시피 드레버와 비서가 헤어졌다면 스탠거슨은 그날 밤 역 근처 어딘가에서 자고 다음 날 아침 다시 역에 나타날 거라고 생각했지요."

"또는 둘이 어떤 약속을 했을지도 모르고요."

홈즈가 말했다.

"바로 그거죠. 하지만 어제 저녁 내내 아무 성과도 없이 그 일대를 수소문하고 다녔지요. 저는 오늘 아침 일찍부터 다시 조사를 시작했고 여덟 시경에는 리틀 조지 가에 있는 할리데이스 프라이빗 호텔에 도착했지요. 프론트에 스탠거슨이 묵고 있냐고 물어보니 바로 있다고 대답하더군요.

'손님께서 기다리시던 분이 드디어 오셨군요.'

그들이 말했습니다.

'꼬박 이틀 동안 기다리셨어요.'

'지금 어디 있죠?'

나는 물었죠.

'지금 이 층 객실에서 주무시고 계실 겁니다. 아홉 시에 깨워 달라고 하셨죠.'

'지금 바로 올라가서 만나 보겠습니다.'

이렇게 덮치면 스탠거슨이 무방비 상태에서 모든 걸 실토할 거라고 생각했지요.

호텔 구두닦이가 자진해서 방까지 안내했습니다. 이 층이었고 작은 복도를 지나야 했습니다. 그가 복도 끝을 손가락으로 가리킨 뒤 다시 계단을 내려가려 했죠. 그런데 경찰 생활을 시작한 지 이십 년이 된 저조차도 구역질을 참을 수 없을 만큼 처참한 광경을 보게 되었어요. 방문 밑으로 새어 나온 빨간 리본 같은 피가 복도 건너편까지 흘러 작은 웅덩이를 만들었던 겁니다. 나는 놀라서 소리를 질렀고, 그 소리에 구두닦이가 돌아왔죠. 그 친구도 그걸 보고는 거의 기절할 뻔했어요. 문은 안에서 잠겨 있었지만 우리는 어깨로 밀쳐 열었습니다. 창문이 휑하니 열려 있었고 창문 옆에는 물건들이 늘어져 있었습니다. 그리고 그 앞에 잠옷 차림의 남자 시체가 누워 있었죠. 그의 팔다리가 경직되고 굳은 걸 보니 죽은 지 좀 지난 것 같았습니다. 시체를 위로 돌리자 구두닦이는 그가 조셉 스탠거슨이라는 이름으로 숙박하고 있는 신사라는 것을 단번에 알아보더군요. 사인은 왼쪽 가슴의 깊은 자상이었습니다. 그것은 심장을 관통한 게 틀림없어 보였죠. 그리고 이 사건에서 이상한 부분이 눈에 띄었습니다. 시신 위에 뭐가 있었을까요?"

나는 홈즈가 말하기 전부터 뭔가 끔찍한 걸 예감하고 등골이 서늘해졌다.

"피로 쓴 'Rache'라는 글자가 있었겠군요."

홈즈가 말했다.

"그겁니다."

공포에 질린 레스트레이드가 말했다. 우리 모두는 한동안 아무 말도 하지 못했다. 정체불명의 살인자가 저지르는 행동 이면의 규칙적이고 이해할 수 없는 요소는 알 수 없는 공포를 안겨 주었다. 전쟁터에서도 충분히 견뎠던 내 신경이 날카롭게 곤두섰다.

"누군가 범인을 본 것 같다고 했습니다."

레스트레이드가 말을 이었다.

"우유 배달 소년이 호텔 뒷길을 따라 우유가게에 가던 중이었죠. 그는 평소에는 바닥에 놓여 있던 사다리가 호텔 이 층 어느 방 창문에 걸쳐진 것을 보았답니다. 창문은 활짝 열려 있었답니다. 그곳을 지나면서 뒤를 돌아봤는데 한 남자가 사다리에서 내려오고 있었답니다. 너무 태연하기에 호텔에서 일하는 목수일 거라고 생각했다는군요. 무척 이른 시간에 일을 한다는 점이 의아했지만 눈여겨보지는 않았답니다. 남자는 키가 크고 얼굴이 붉고 긴 갈색 외투를 입었다고 합니다. 그는 살인을 저지르고 그 방에 얼마간 머물렀던 것이 틀림없습니다. 세면대에는 그가 손을 씻으면서 남긴 핏자국이 있었고, 침대 시트에도 의도적으로 칼에 묻은 피를 닦은 흔적이 남아 있었으니까 말이죠."

레스트레이드의 말은 홈즈가 추리한 범인의 인상착의와 정확히 맞아떨어졌기 때문에 나는 홈즈를 슬쩍 보았다. 그러나 홈즈의 얼굴에는 기뻐하거나 만족해하는 기색이 전혀 없었다.

"방에 살인범을 잡을 단서가 될 만한 것은 없었습니까?"

홈즈가 물었다.

"없었습니다. 스탠거슨의 주머니에서 드레버의 지갑이 있었지만 그의 비서로 일했으니 전혀 이상한 일이 아니었지요. 지갑에는 80파운드가량의 돈이 그대로 있었고 도난당한 것은 없었습니다. 살해 사건의 목적이 무엇이든 강도는 아닌 게 분명합니다. 피살자의 주머니에는 서류나 메모는 없었고, 약 한 달 전 클리블랜드에서 보낸 'J. H.는 유럽에 있음'이라고 쓰인 전보 하나만 있었습니다. 보낸 이는 알 수 없었고요."

"그 밖의 다른 것은요?"

홈즈가 물었다.

"달리 눈에 띄는 게 없었습니다. 침대에 자기 전 읽다 만 소설책 한 권, 그 옆에 있는 의자 위에는 파이프가 있었습니다. 테이블 위에 물잔이 있었고 창틀에 알약이 두세 알 든 작고 낡은 연고 상자가 있었습니다."

셜록 홈즈가 기쁨에 찬 비명을 지르며 자리에서 일어났다.

"마지막 고리야!"

그는 기쁨에 차서 외쳤다.

"이 사건은 해결됐어!"

두 명의 형사가 놀란 표정으로 홈즈를 바라보았다.

"이제 모든 걸 완전히 알았습니다."

홈즈는 자신감에 차서 말했다.

"뒤엉킨 이 사건이 모두 풀렸습니다. 자세한 건 더 알아봐야겠지만, 드레버가 스탠거슨과 헤어진 뒤부터 시체로 발견되기까지의 굵직한 모든 일을 직접 본 듯 밝힐 수 있게 됐습니다. 내가 직접 증명해 보이지요. 알약 좀 볼 수 있을까요?"

"여기에 있습니다."

레스트레이드가 흰 상자를 꺼내며 말했다.

"경찰서 금고에 보관해 두려고 알약, 지갑, 전보를 가져왔지요. 솔직히 말해 알약이 중요할 거라고는 생각도 못했네요."

"이리 주십시오."

홈즈가 말했다. 그리고 나에게 돌아섰다.

"왓슨 박사, 이것들은 보통의 알약인가요?"

그것은 평범한 알약과는 달랐다. 진주 빛깔이 나는 작고 둥근 모양으로 햇빛에 비추니 투명하게 빛났다.

"가볍고 투명한 걸 보니 물에 용해될 것 같은데요?"

내가 말했다.

"정확해요!"

홈즈가 대답했다.

"아래층에 내려가서 어제 하숙집 주인이 안락사시켜 달라고 부탁했던, 그 오랫동안 병들어 있는 불쌍한 테리어를 데려와 주시겠습니까? 하숙집 여주인도 여러 번 말했던 그 강아지 말입니다."

나는 테리어를 두 팔로 안고 방으로 돌아왔다. 개는 축 늘어져 가쁜 숨을 몰아쉬고 눈이 흐릿한 걸 보니 살날이 얼마 남지 않은 듯 보였다. 사실 하얀 주둥이는 그 개가 이미 평균수명 이상을 살았다는 걸 증명해 주고 있었다. 나는 테리어를 양탄자 위의 쿠션에 올려놓았다.

"알약을 둘로 나누겠습니다."

홈즈는 주머니칼을 꺼내 그의 말대로 알약을 쪼갰다.

"반은 나중을 위해 상자에 다시 넣어 두겠습니다. 나머지는 한 티스푼의 물이 담긴 이 와인 잔에 넣겠습니다. 알약이 쉽게 물에 녹는 걸 보니 박사의 말이 옳았습니다."

"재미있군요."

레스트레이드는 자신이 조롱을 당한다고 느꼈는지 기분이 상한 투로 말했다.

"그런데, 이게 조셉 스탠거슨의 죽음과 어떤 연관이 있다는 건지 모르겠네요."

"기다려 보세요, 레스트레이드 씨. 조금만 기다려 보십시오. 금방 이게 상관이 있다는 걸 알게 될 겁니다. 여기에 우유를 조금만 타서 개에게 주면 덥석 잘 받아먹을 겁니다."

홈즈가 알약이 녹은 용액을 낮은 접시에 붓고 개 앞에 놓자 개는 그것을 핥아먹었다. 홈즈의 진지한 태도에 우리는 어느 정도의 믿음을 갖게 되었고 조용히 어떤 놀라운 효과가 나타나기를 기대하며 그 광경을 지켜보았다. 그러나 어떤 반응도 나타나지 않았다. 그 개는 쿠션 위에

몸을 쭉 펴고 힘들게 숨을 쉬며 누워 있었고, 보아하니 알약을 마시고 난 후 더 좋아진 것도 나빠진 것도 없었다. 홈즈는 시계를 지켜보았고, 일 분 일 분 시간이 흐르자 그의 얼굴에는 말할 수 없는 억울함과 실망이 섞인 표정이 나타났다. 홈즈는 입술을 깨물고 손가락으로 탁자를 톡톡 두드리며 극심한 초조함을 가진 사람의 증상을 다 보여 주었다.

그의 표정에서 나타나는 감정이 너무나 극심해서 내가 다 안타까울 정도였다. 반면 두 형사는 홈즈가 난관에 봉착했다는 사실이 기분 나쁘지는 않은 듯 비웃고 있었다.

"우연의 일치일 리가 없어!"

홈즈가 말했다.

결국 홈즈는 의자를 박차고 일어나더니 방 안을 서성이기 시작했다.

"우연의 일치라는 건 불가능해. 드레버의 살해 현장에 있어야 할 알약이 스탠거슨이 죽은 뒤 발견됐어. 알약이 아무 해도 끼치지 않는다고? 이게 뭘 의미하는 거지? 내 모든 추론의 사슬이 틀릴 리가 없잖아. 그건 불가능해! 이 불쌍한 강아지는 아직도 이렇게 멀쩡해! 그래, 그건! 그래! 그래!"

홈즈는 기쁨의 환호성을 지르며 약 상자에 남아 있던 다른 알약을 쪼개 물에 녹이고 우유를 더해서 테리어에게 주었다. 불운한 이 생명체는 혀를 내밀어 목을 축이자 사지를 발작을 일으키는 것처럼 부들부들 떨다가 벼락을 맞은 것처럼 몸이 뻣뻣해지더니 숨을 거두었다.

셜록 홈즈는 긴 숨을 내쉬더니 이마의 땀을 닦았다.

"좀 더 강한 확신을 가졌어야 했어요."

그가 말했다.

"추리의 결과와 반하는 사실이 나타났을 때는 그걸 설명해 줄 다른 해석이 있음을 알았어야 했지요. 알약 중 하나에는 치명적인 독이 들어 있었지만 다른 것에는 독이 없었던 거죠. 상자를 보기 전부터 그걸 알고 있었어야 했는데……."

홈즈의 이야기는 너무나 놀라워서 그가 제정신인지 믿기 어려웠다. 그러나 죽은 테리어를 보니 홈즈의 추리가 맞다는 것이 증명된 셈이었다. 내 머릿속에 가득했던 안개가 차츰 서서히 걷히고 희미하게 진실이 보이기 시작했다.

"이 모든 게 이상하게 보일 겁니다."

홈즈가 계속해서 말했다. "수사 초기에 여러분에게 주어진 단 하나의 진짜 단서를 잡는 데 실패했으니까요. 하지만 나는 다행스럽게도 그 단서를 잡았고 그 후 일어난 모든 사건들은 내 첫 가설이 옳다는 것을 확인해 주었죠. 실제로 그것은 논리적 결과였습니다. 그러므로 당신들을 혼란스럽게 만들고 그 사건을 모호하게 만들었던 것들이 나에게 깨우침을 주었고 나는 결론에 이르게 된 겁니다. 기이함을 불가사의와 혼동한 것이 실수였습니다. 가장 일상적인 범죄가 종종 가장 해결하기 어려울 수 있죠. 추리할 만한 새로운 단서나 특이점이 없기 때문입니다. 이 살인 사건도 시체가 그런 기괴하고 놀랄 만한 단서 없이 길거리에서 발견되었다면 해결하기에 훨씬 더 어려웠을 겁니다. 이 이상한 요소들은 사건을 더 어렵게 만들기는커녕 오히려 쉽게 풀리도록 했지요."

지금까지 홈즈의 말을 묵묵히 듣고 있던 그렉슨이 더는 참지 못하고 입을 열었다.

"그러니까 홈즈 씨, 저희는 당신이 머리가 비상하고 독창적인 수사법을 가지고 있다는 걸 인정할 준비가 충분히 되어 있습니다. 우리가 원하는 건 그런 단순한 이론이나 설교가 아니라 범인을 잡는 겁니다. 나도 수사 방향을 정했지만 잘못된 것 같군요. 차펜티어 군이 두 번째 사건과 연루되었을 리는 없을 테니까요. 레스트레이드도 스탠거슨을 추적했지만 그것도 틀린 것 같군요. 그런데 홈즈 씨는 여기저기서 조금씩 힌트를 얻었을 뿐인데도 저희보다 더 많은 것을 알고 계시는 것 같네요. 그러니 이제는 이 사건에 대해 얼마나 알고 있는지 말해 줄 때가 된 것 같습니다. 누가 그랬는지 범인의 이름을 댈 수 있겠습니까?"

"저도 그렉슨의 생각에 동의합니다."

레스트레이드가 말을 이었다.

"우리 둘 다 범인을 잡기 위해 총력을 기울였지만 모두 실패하고 말았습니다. 그러나 선생은 내가 이 방에 들어온 이후로 선생이 필요한 모든 단서를 찾았다고 여러 번 말씀하셨지 않습니까. 자, 이제 말씀해 주십시오."

"범인 체포를 더 미루다가는 또 다른 범행을 저지를 시간을 주게 될 수도 있습니다."

내가 말했다. 이렇게 우리가 압박을 주자 홈즈는 마음이 흔들리는 듯했다. 그는 자리에서 일어나더니 생각에 잠겼을 때처럼 고개를 가슴까지 푹 숙이고 미간을 찌푸린 채 방 안을 서성였다.

"더 이상의 살인 사건은 없습니다."

마침내 그가 갑작스럽게 멈추고는 우리를 쳐다보며 말했다.

"그런 걱정은 하지 않으셔도 됩니다. 제가 범인의 이름을 아느냐고 물었지요? 물론 알고 있습니다. 그를 체포하는 일에 비하면 이름을 알아내는 것은 간단한 일이지요. 범인은 곧 잡힐 것입니다. 이런 긍정적인 희망을 가지고 있는 건 내가 미리 다 손을 써 놓았기 때문이죠. 하지만 우리가 상대하는 범인은 아주 지독하고 민첩한 데다 그에 못지않게 영리한 조력자의 힘까지 얻고 있는 상황입니다. 그러나 범인이 수사망이 좁혀지고 있다는 걸 모르는 한 우리는 그자를 체포할 수 있습니다. 하지만 만약 범인이 조금이라도 눈치챈다면 그는 이름을 바꾸고 사백만 런던 시민 속으로 숨어 버릴 겁니다. 두 형사 분의 마음을 상하게 할 생각은 아닙니다만 경찰은 범인의 상대가 못 됩니다. 그래서 두 분에게 도움을 구하지 않았습니다. 내가 취해 놓은 조치로 범인을 잡지 못한다면 비난받아야 마땅하지요. 하지만 그 순간이 왔을 때 범인을 체포하는 데 지장을 주지 않는다면 즉각 두 분에게 정보를 알려 드리겠습니다."

그렉슨과 레스트레이드는 홈즈가 확신을 주기 위해 혹은 경멸조로 하는 말을 듣고 전혀 만족해하는 것 같지 않아 보였다. 그렉슨의 얼굴은 귀밑까지 뻘개졌고 레스트레이드의 눈은 호기심과 분노로 번뜩였다. 그런데 두 경찰이 무엇인가를 말하기 전에 문 두드리는 소리가 나고 거리부랑아들의 대표인 위긴스가 방문을 열고 들어왔다.

"선생님."

그가 머리를 조아리며 말했다.

"아래층에 마차가 와 있습니다."

"잘했다."

홈즈가 말했다.

"이런 수갑을 경찰국에 도입해보는 건 어떨까요?"

홈즈가 서랍에서 철제 수갑을 꺼냈다.

"이 용수철이 얼마나 정교하게 작동하는지 보십시오. 단번에 채워지거든요."

"수갑 채울 사람만 찾는다면 고물 수갑이라도 좋지요."

레스트레이드가 말했다.

"좋습니다. 좋아요."

홈즈가 웃으며 말을 이었다.

"마부에게 내 짐을 좀 옮겨 달라고 해야겠군. 가서 마부를 좀 올려 보내거라, 위긴스."

나는 홈즈의 말에 깜짝 놀랐다. 그는 이 와중에 여행을 계획하고 있었다니. 이제껏 여행에 대해 한마디도 하지 않았기 때문이다. 홈즈는 방에 있던 작은 여행가방을 끌어와 끈으로 묶기 시작했다. 마부가 방으로 들어왔을 때 그는 열심히 가방을 묶고 있었다.

"이보게, 이리 와서 좀 도와주게."

홈즈는 끈을 묶는 데 신경을 쓰느라 마부를 쳐다보지도 않고 말했다. 마부는 못마땅해하는 듯했지만 홈즈에게 다가가 손을 내밀었다. 그때 찰칵 하는 소리가 나더니 홈즈가 몸을 벌떡 일으켰다.

"여러분."

그가 눈을 빛내며 외쳤다.

"이녹 J. 드레버와 조셉 스탠거슨을 살해한 제퍼슨 호프 씨를 소개합니다."

너무나 순식간에 일어난 일이라 눈앞에서 보고서도 믿을 수가 없었다. 지금도 그때의 일이 눈에 선하다. 홈즈의 자신감 넘치는 표정과 똑 부러지는 말투 그리고 마술에 걸린 사람처럼 자신의 손목에서 반짝거리는 수갑을 멍하니 바라보는 험상궂은 마부의 얼굴.

우리 세 사람은 조각상이 된 듯 한동안 꼼짝도 하지 못했다. 분노에

휩싸여 포효하던 살인자는 괴성을 지르면서 홈즈를 밀치고 창문으로 돌진했다. 창틀과 유리창은 박살이 났지만 마부가 창밖으로 몸을 날리기 전에 레스트레이드와 그렉슨 그리고 홈즈가 사냥개 무리처럼 달려들어 그를 붙잡았다. 마부는 방 안으로 끌려왔고 곧이어 엄청난 난투극이 벌어졌다. 그는 어찌나 힘이 센지 우리 네 사람을 여러 번 뿌리쳤다. 그는 간질 발작을 일으키는 사람처럼 초인적인 힘을 보여 줬다. 유리창에 돌진한 까닭에 그의 얼굴과 손은 깨진 유리에 베여 짓이겨졌지만 피 흘리는 것 따위는 아무렇지도 않은 듯했다. 레스트레이드가 그의 목덜미에 간신히 손을 넣어 목을 졸라 반쯤 기절시키다시피 했을 때서야 그는 비로소 더 이상 저항해도 소용없다는 것을 깨달은 것 같았다. 그의 손과 발을 결박할 때까지 우리는 안심할 수 없었다. 그렇게까지 해서야 우리는 안도의 한숨을 내쉬며 일어났다.

"그의 마차가 현관 앞에 있습니다."

홈즈가 말했다.

"이자를 태워서 경시청까지 호송하면 될 겁니다. 여러분."

홈즈는 기쁘게 웃으며 말을 이었다.

"이제 우리는 이 작은 수수께끼의 결말에 이르렀군요. 이젠 무엇이든 물어보십시오. 이제 아무 위험도 없으니 모든 질문에 기꺼이 답하겠습니다."

제2부

성인들의 땅

1. 알칼리 대평원에서

북미 대륙 중앙의 그 메마른 사막은 수세기 동안 문명의 진출을 저지하는 장벽이었다. 시에라네바다 산맥에서 네브래스카 그리고 북쪽 옐로스톤 강에서 남쪽의 콜로라도까지 이르는 황무지는 그야말로 적막했다. 그러나 이곳에도 자연의 표정은 살아 있었다. 눈 덮인 높은 산들, 기괴하게 움푹 파인 골짜기, 계곡 사이로 빠르게 흐르는 강물, 겨울이면 하얗게 눈으로 덮이고 여름이면 소금기 머금은 먼지로 덮인 잿빛 평원도 있었다. 그러나 그 어느 곳에서건 황폐함, 가혹함, 그리고 고난이라는 공통적 특성이 있다.

이 절망의 땅에는 아무도 살지 않았다. 포니 족 인디언이나 블랙풋 인디언이 사냥감을 찾아 지나치기는 했지만 용감한 그들조차 이 황무지에서 벗어나 다른 초원에 빨리 도착하길 바랐다. 먹이를 찾아 헤매는 코요테, 공중에서 무겁게 날갯짓을 하는 대머리독수리 그리고 어두운 산골짜기에서 뒤뚱거리다 먹을 것을 찾아 바위 사이에 주둥이를 처박는 회색 곰. 이것들만이 이 불모의 땅에 살아가는 거주자들이었다.

시에라블랑카 산맥의 북쪽 기슭의 전경만큼 이 세상에서 적막하게 느껴지는 곳은 없을 것이다. 보이는 것이라고는 평평한 땅과 작은 나무 숲뿐이고 전체가 소금기를 가득 머금은 알칼리성 먼지에 뒤덮여 있었다. 지평선이 끝나는 먼 곳에 눈 덮인 산이 보일 뿐 이 절망의 땅에 생명체라고는 없었다. 강청색의 하늘엔 새 한 마리 없고, 음울한 회색의 땅 위에는 아무런 움직임도 없다. 그저 정적만이 지배할 뿐. 누군가 귀를 기울여 본다 한들 끝없는 황무지에선 침묵 말고는 들릴 것이 없다.

앞에서 대평원에 생명의 자취라곤 없다고 했다. 하지만 그건 사실이 아닐지도 모른다. 시에라블랑카 산맥에서 아래를 내려다보면 사막을 횡단하는 하나의 길이 보인다. 그 길은 구불구불하게 저 멀리로 사라져 간다. 거기에는 마차의 바큇자국과 많은 모험가들의 발자국이 새겨져 있다. 그리고 햇빛에 반짝이는 하얀 물체가 여기저기 흩뿌려져 알칼리성 땅 사이로 두드러져 보인다. 가까이 가서 살펴보자! 그것들은 뼈였다. 어떤 것들은 크고 거칠고 다른 것들은 작고 약했다. 전자는 소뼈이고 후자는 사람 뼈였다. 2,500킬로미터에 이르는 마찻길을 따라 유골들이 기괴하게 흩어져 있었던 것이다.

1847년 5월 4일, 이런 광경을 들여다보고 있는 한 외로운 여행자가 있었다. 그의 모습은 이 지역의 수호신 또는 악마 같은 분위기를 품고 있었다. 그가 예순 살인지 아니면 마흔 살인지는 겉보기로는 도무지 알 수 없었다. 얼굴은 여위고 초췌했으며 도드라진 얼굴뼈 위를 양 피지 같은 피부가 둘러싸고 있었다. 그의 긴 갈색 머리와 턱수염 끝은 희끗희끗했고 움푹 꺼진 두 눈은 이상한 기운을 내뿜고 있었다. 소총을 잡은 손가락은 살점 하나 없는 뼈다귀 같았다. 그는 소총에 몸을 기대고 있었다. 그러나 그의 큰 키와 건장한 뼈대를 보면 그가 강단 있고 건강한 사나이라는 것을 알 수 있었다. 수척한 얼굴과 비쩍 마른 팔다리를 덮은 헐렁한 차림 때문에 그는 무척 늙어 보였다. 그는 굶주림과 갈증으로 서서히 죽어 가고 있었다. 물이 있을지도 모른다는 헛된 희망에 골짜기로 힘들게 내려갔다가 이 작은 언덕으로 올라온 것이었다.

보이는 것이라곤 소금 평원과 뾰족한 산들뿐 그 흔한 나무나 풀 하나 없는 이곳에서 물을 기대하기란 힘들어 보였다. 드넓은 풍경 그 어디에도 희망의 빛은 없었다. 그는 북쪽, 동쪽, 서쪽을 의문에 찬 눈으로 돌아보았지만 자신의 방황이 이 험한 바위산에서 끝날 것임을 이내 깨닫게 되었다.

"이십 년 뒤에 안락한 침대 위에서 생을 마감하는 것이나 여기서 이렇게 끝나나 다를 건 없겠지."

그는 바위의 쉴 만한 곳에 앉으며 중얼거렸다. 그는 앉기 전에 짐만 되는 장총과 오른쪽 어깨에 메고 있던 회색 숄로 감싼 꾸러미를 옆에 내려놓았다. 짐이 꽤 무거웠는지 다소 거칠게 바닥에 두었다. 그때 회색 꾸러미에서는 밝은 갈색 눈을 가진 아이가 겁에 질린 채 작은 신음 소리를 내며 조그만 얼굴과 꼬질꼬질하고 앙상한 주먹을 내밀었다.

"아프잖아요!"

아이가 원망스럽게 따졌다.

"그랬니?"

사내가 미안하다는 듯 대답했다.

"일부러 그런 건 아니야."

사내는 말하면서 숄을 풀어서 다섯 살쯤 된 예쁘장한 여자아이를 꺼냈다. 깜찍한 신발과 분홍색 옷을 잘 차려입은 모습에서 엄마의 손길이 느껴졌다. 아이는 얼굴이 하얗게 질리고 축 처져 보였지만 건강한 팔다리를 보니 사내에 비해 덜 고생한 것 같았다.

"이제 어떠니?"

곱슬곱슬한 금발을 가진 아이가 뒤통수를 문지르는 걸 보고 사내가 걱정스럽게 말했다.

"호 하고 불어 줘요."

아픈 데를 내밀면서 아이가 말했다.

"엄마는 내가 아플 때마다 그렇게 해 줬어요. 우리 엄마는 어디에 있어요?"

"가셨지. 하지만 곧 만나게 될 거야."

"갔다고요?" 아이가 말했다. "아무 말도 안 하고 가셨을 리 없어요. 옆집에 차를 마시러 갈 때도 나한테 항상 작별 인사를 했다고요. 그런 데 사흘이나 지났단 말이에요. 아저씨, 목말라요. 여긴 물 없어요? 먹을 것도요?"

"그렇단다. 아무것도 없단다. 조금 참아 보렴. 그럼 괜찮아질 거야. 아저씨한테 기대 보렴. 그러면 기분이 좋아질 거야. 입술이 가죽처럼 말랐을 때는 말하기가 쉽지 않구나. 하지만 어떻게 된 일인지 다 설명해 줄게. 그런데 네가 가진 그건 뭐니?"

"예쁜 거! 좋은 거!"

아이가 반짝이는 두 개의 운모 조각을 만지작거리며 신이 나서 소리쳤다.

"집에 가면 동생한테 줄 거예요."

"조금 지나면 더 좋은 걸 보게 될 거야."

사내는 자신 있게 말했다.

"조금만 기다려. 아저씨가 말해 주려고 했단다. 아까 말이지, 우리가 강 건넌 거 기억나니?”

“네.”

“그땐 다른 강이 금방 나타날 줄 알았지. 그런데 뭔가 이상하구나. 나침반이나 지도가 다 잘못됐나 봐. 나타나지 않았어. 물은 거의 다 바닥이 났어. 너 같은 아이에게 주려고 남겨 놓은 몇 방울을 빼곤 말이다. 그래서…… 그래서…….”

“그래서 아저씨는 세수도 못 했지요?”

아이가 사내의 얼굴을 올려다보며 말했다.

“그래. 물도 못 마셨지. 벤더 아저씨가 제일 먼저 떠났지. 그리고 인디언 피트, 맥그리거 부인, 그다음엔 조니 혼스. 그다음엔 아가, 너희 엄마였단다.”

“그러면 엄마가 죽은 거예요?”

아이가 앞치마에 얼굴을 묻으며 눈물을 흘렸다.

“너와 나만 남고 전부 죽었지. 나는 이곳엔 물이 있을 거란 희망 때문에 널 들쳐 업고 여기까지 왔어. 하지만 달라진 게 없구나. 우리에겐 이제 희망이 거의 없구나.”

“그럼 우리도 죽어요?”

아이가 눈물을 머금고 흐느끼며 물었다.

“아마 그렇게 될 거야.”

“왜 그걸 이제 말해요?”

아이가 밝게 웃었다.

“괜히 겁냈잖아요. 죽으면 엄마를 다시 만나겠네요?”

"그렇단다."

"아저씨도 함께 있고요. 엄마한테 아저씨가 잘 보살펴 줬다고 얘기할게요. 엄마가 천국의 문 앞에서 마실 물이랑 먹을 것을 잔뜩 갖다 놓고 우릴 기다릴 거예요. 참, 오빠와 내가 좋아하는 케이크도요. 그러려면 얼마나 기다려야 해요?"

"모르겠어. 하지만 그리 오래 걸리지 않을 거란다."

남자는 북쪽 지평선을 바라보았다. 푸른 하늘에 점 세 개가 반짝하더니 커지기 시작했다. 알 수 없는 무언가가 빠른 속도로 달려오고 있었다. 그것은 갈색 새로 변하더니 두 방랑자의 머리 위에서 빙빙 돌다 높은 바위 위에 앉았다. 이 새들은 죽음을 암시하는 서부의 대머리독수리였다.

"닭이에요!"

아이가 불길한 새들을 가리키며 기뻐 탄성을 질렀다. 아이는 새를 날리기 위해서 손뼉을 쳤다.

"아저씨, 이 땅도 하나님이 만든 거죠?"

"그렇단다."

사내가 뜻밖의 질문에 멈칫해서 당황하다가 곧 말을 이었다.

"일리노이 땅도 미주리 땅도 하나님이 만들었지."

아이가 계속 말을 이었다.

"그런데 여긴 다른 사람이 만들었나 봐요. 여긴 잘못 만들었네요. 물도 없고 나무도 없고."

"그럼, 우리 같이 기도해 볼까?"

사내가 자신 없어 보이는 표정으로 말했다.

"아직 깜깜하지도 않은데요?" 아이가 대답했다.

"괜찮아. 지금은 특별한 상황이니깐. 하나님은 다 듣고 계실 거야. 네가 매일 밤 마차를 타고 들판을 지날 때 했던 기도를 해 보겠니?"

"아저씨가 하면 안 돼요?"

아이가 눈을 동그랗게 뜨고 물었다.

"난 잊어버렸어."

사내가 말했다.

"나는 내 키가 이 총의 반만 할 때부터 기도를 안 했어. 하지만 지금 다시 시작해도 하나님은 들어주실 거야. 네가 먼저 외치면 내가 따라 할게."

"그럼 먼저 무릎 꿇고 앉아야 돼요. 나도 그렇고요."

아이가 맨땅에 숄을 깔면서 말했다.

"먼저 이렇게 두 손을 모아요. 그럼 기분이 좋아져요."

이 황량한 사막의 기이한 광경을 대머리독수리만이 바라보고 있었다. 작은 숄 위에서 더듬거리는 말투로 기도하는 아이와 두려움을 잊은 늙은 사내가 무릎을 꿇고 있었다. 아이의 앙증맞은 얼굴과 남자의 앙상한 얼굴은 두려운 존재에 대한 간절한 애원을 가지고 구름 한 점 없는 하늘을 향했다. 아이의 가늘고 맑은 목소리와 사내의 굵고 쉰 목소리는 하나같이 자비와 용서를 구하고 있었다.

기도를 마치고 나서 두 사람은 바위 밑의 그늘로 자리를 옮겼다. 곧 아이는 사내의 가슴에 기대 잠이 들었다. 사내는 얼마간 자는 아이를

지켜보았지만 자연은 그가 견디기에는 너무 강하다는 걸 이내 깨달았다. 지난 사흘 동안 그는 자신에게 휴식도 수면도 허락하지 않았다. 서서히 눈꺼풀이 피로한 눈을 덮었고 머리는 점점 수그러들었다. 그 남자의 희끗희끗한 턱수염과 소녀의 땋은 금발 머리가 뒤섞였고 둘은 꿈도 꾸지 않는 깊은 잠에 빠졌다.

그 방랑자가 삼십 분만 늦게 잠이 들었어도 아주 신기한 광경을 목격할 수 있었을 것이다. 알칼리 대평원 저 너머로 작은 먼지가 일었다. 처음엔 작아서 저 멀리 끼어 있는 안개와 구별하기도 어려웠는데 점점 높아지고 넓어지면서 또렷한 구름 입자를 형성했다. 그 구름은 움직이는 생명체들의 거대한 무리가 선명하게 나타날 때까지 계속해서 커졌다. 만약 좀 더 비옥한 땅이었다면 풀을 뜯고 있는 들소 무리가 그에게 다가오고 있다고 생각했을 것이다. 이 몹시 건조한 황야에서 그런 건 말도 안 되는 얘기였다. 먼지 소용돌이가 절벽으로 점점 다가오고 있는 동안 그 속에서 천막 친 마차와 사람들의 모습이 언뜻언뜻 비쳤다. 그들은 서부를 향해 이동하고 있는 거대한 무리의 이주민들이었다.

이 얼마나 웅장한 행렬이던가! 그들의 선두가 산기슭에 닿았을 때 무리의 끝은 지평선 끝까지 닿아 있어 제대로 보이지도 않을 지경이었다. 포장마차와 짐마차들 그리고 말에 올라탄 사람들과 걷는 사람들이 꼬리에 꼬리를 물고 이어졌다. 짐 꾸러미를 품에 안은 여자들, 이륜마차를 따라 걷는 아이들, 포장마차 밖으로 고개를 내민 아이들. 그것은 보통 이주민들의 대열이 아니라 어떤 환경의 억압으로부터 탈출하여 새로운 땅을 향해 떠나는 거대한 무리가 분명했다. 청명한 대기 속으로 사람들이 내는 소음과 마차 바퀴 소리, 말들의 울음소리가 울려 퍼졌다. 그 소리는 충분히 컸지만 피곤해 잠든 두 여행자를 깨우기에는 충분하지 못했다.

대열의 선두에는 칙칙하고 소박한 옷으로 차려입고 소총으로 무장한 이십여 명의 남자들이 말을 타고 가고 있었다. 그들은 절벽에 가까워지자 잠시 말에서 내려 짧은 회의를 했다.

"샘은 오른쪽에 있습니다."

깨끗이 면도하고 머리가 희끗하며 입매가 매서운 남자가 말했다.

"시에라블랑카 산맥의 오른쪽으로 가면 리오그란데 강에 도착할 수 있습니다.”

다른 사람이 말했다.

“물 걱정은 안 해도 됩니다.”

세 번째 남자가 외쳤다.

“바위에서 물을 짜낼 수 있는 분께서 자신이 선택한 자들을 버리지는 않을 것입니다.”

“아멘! 아멘!”

모두가 외쳤다.

다시 그들이 여행을 재개하려 할 때 무리 중 가장 젊고 눈빛이 매서운 남자가 소리치며 머리 위의 험한 바위 밑을 가리켰다. 그곳에는 분홍색 옷자락이 펄럭이고 있었는데 회색 바위 앞에서 환하고 또렷하게 보였다. 그것을 보자 일제히 말을 세우고 총을 내려놓았고 젊은 기수들은 선두를 증원하기 위해 달려왔다.

‘인디언이다’라는 말이 입에서 입으로 전해졌다.

“인디언이 여기에 있을 리가 없잖아.”

지휘자처럼 보이는 나이 든 사람이 말했다.

“우리는 이제 막 포니 족을 지나왔고 저 큰 산을 넘을 때까지 어떤 다른 부족도 없소.”

“제가 가서 보고 올까요, 스탠거슨 형제.”

무리 중 누군가가 물었다.

“제가 갈게요. 저도요!”

열댓 명이 외쳤다.

"여기 말을 두고 다녀오시오. 우린 여기서 기다릴 테니."

노인이 답했다. 순식간에 젊은이들이 말에서 내려서 말을 묶어 놓고, 호기심을 자극하는 그 물체를 향해 가파른 절벽으로 올라갔다. 그들은 훈련된 정찰병처럼 자신감 넘치는 모습으로 재빠르게 그리고 소리 없이 올라갔다. 밑에서 지켜보는 사람들은 그들이 바위에서 바위로 재빠르게 몸을 움직이는 것을 볼 수 있었다. 그중에서 가장 앞서 가던 젊은이가 무엇인가를 발견하고 놀랐다. 그를 뒤따르던 사람들은 그가 갑자기 놀라움을 금치 못하고 두 팔을 들어 올리는 것을 보았다. 뒤따르던 사람들도 눈앞에 펼쳐진 광경을 보고 똑같이 놀랐다.

황량한 꼭대기의 작은 고원에는 거대한 바위 하나가 있었다. 그리고 그곳에는 키가 크고 수염을 기른 비쩍 마른 남자가 누워 있었다. 그의 편안한 얼굴과 고른 숨소리는 그가 깊이 잠들었다는 걸 보여 주었다. 그 옆에는 아이 하나가 하얀 팔로 갈색 힘줄이 불거진 남자의 목을 끌어안고, 금발 머리를 그의 가슴에 기댄 채 잠들어 있었다. 아이의 붉은 입술 사이로 하얀 고른 이가 드러났다. 천진난만한 미소가 그대로 보였다. 아이는 통통한 작은 하얀 다리에 흰 양말과 버클이 반짝이는 예쁜 신발을 신고 있었는데 그것은 남자의 여윈 다리와 이상하게 대조적으로 보였다.

이 이상한 동행자들 위로 튀어나온 바위에 대머리독수리 세 마리가 앉아 있었지만 낯선 사람들의 무리를 보고 요란스럽게 소리를 내며 멀리 날아가 버렸다. 그 잔혹한 새들의 울음소리에 잠이 깬 두 방랑자는 어리둥절해서 그들을 바라보았다. 사내는 비틀거리며 일어나서 아래를 바라보았다. 그가 잠들기 전에는 황무지였던 그곳이 횡단하는 수많은 사람들과 짐승들로 붐비는 땅으로 변해 있었다. 그는 못 믿겠다는 표정의 얼굴이었고 뼈만 앙상한 손으로 눈을 비볐다.

"이게 그 망상이라는 거구나."

사내가 중얼거렸다. 아이는 사내의 코트 옷자락을 꼭 쥐고 아무 말도 하지 않은 채 어린아이의 호기심 가득한 눈망울로 사방을 두리번거리며 사내 옆에 서 있었다. 구조대는 두 조난자에게 이게 망상이 아니라는 것을 재빨리 확인시켜 줄 수 있었다. 그들 중 한 사람은 아이를 어깨에 들쳐 업고, 두 사람은 남자를 부축하여 마차 무리로 데려갔다.

“나는 존 페리어라고 합니다.”

그 방랑자가 설명했다.

“스물한 명 중에 나와 저 아이만 남았지요. 나머지 사람들은 갈증과 굶주림으로 저 남쪽에서 죽었지요.”

“이 소녀는 당신의 딸입니까?”

누군가 물었다.

“이젠 그렇게 되었소.”

존 페리어가 도전하듯 외쳤다.

“내가 지켜 냈으니 내 아이입니다. 누구도 내게서 빼앗아 가지 못할 겁니다. 이제부터 이 아이의 이름은 루시 페리어입니다. 그런데 당신들은 누구입니까?”

사내는 호기심 어린 눈빛으로 햇빛에 그을린 구조자들을 쭉 둘러보며 말을 이었다.

“거대한 무리군요.”

“만 명에 가깝지요.”

한 젊은이가 말했다.

“우리는 핍박당하는 신의 자녀입니다. 그와 동시에 모로니 천사에게 선택되었지요.”

“처음 들어 봅니다.”

방랑자가 말했다.

“굉장히 많은 사람들을 선택한 것 같군요.”

“신성한 것을 조롱거리로 여기지 마시오.”

젊은이가 단호하게 말했다.

"우리는 팔미라 황금판에 이집트 글자로 적은 경전을 믿는 사람들입니다. 그 경전은 조셉 스미스가 팔미라에서 발견한 것이지요. 우리는 일리노이 주의 노부 시에서 왔답니다. 그곳에 예배당을 세웠소. 신을 믿지 않는 폭군들을 피해 비록 사막의 한가운데일지라도 우리의 땅을 찾아가고 있지요."

존 페리어는 노부라는 지명에서 무언가를 떠올렸다.

"알겠군요. 당신들은 모르몬교도군요."

"그렇답니다."

모두가 한목소리로 답했다.

"지금 어디로 가는 길이지요?"

"우리도 모릅니다. 신께서 선지자를 통해 우리를 인도해 주고 계시지요. 당신들도 함께 가야 합니다. 그분이 당신을 어찌할지 말씀해 주실 겁니다."

그때 그들은 산 밑에 도착했고 이내 많은 순례자들에게 둘러싸였다. 순한 인상의 여자들, 미소를 띠는 건강한 아이들, 골똘히 생각에 잠긴 남자들의 눈빛. 많은 이들이 아이와 야윈 사내를 보고 놀라워했다. 구조자들은 수많은 모르몬교도들을 뒤에 거느린 채 이들을 제일 화려하고 좋은 마차로 안내했다. 말 두 필 혹은 기껏해야 네 필의 말이 끄는 다른 마차들과는 달리 그 마차는 무려 여섯 마리의 말이 끄는 것이었다.

마부 옆에 한 남자가 있었는데, 그는 서른이 채 되지 않아 보였지만 큰 머리와 단호한 표정은 지도자라는 인상을 심어 주기에 충분했다. 그는 갈색의 책을 읽고 있었는데 옆에 내려놓더니 방금 일어난 일에 대해 보고를 들었다. 그러고는 두 조난자를 바라보았다.

"우리와 함께 가려면, 우리와 같은 종교를 가져야 합니다. 우리 무리에 늑대가 있을 수는 없죠. 과일의 작은 반점 하나가 과일 전체를 다 썩게 만들 수도 있죠. 그러느니 차라리 이 황량한 들판에서 그들의 뼈를 묻도록 하는 게 나을 수도 있지요. 우리의 조건에 따르고 우리와 함께 가겠습니까?"

"모든 것을 받아들이겠습니다."

페리어가 진중한 목소리로 말하자 장로들은 미소를 금치 못하였다. 하지만 지도자만은 여전히 엄격한 표정이었다.

"이 사람을 데려가게, 스탠거슨 형제."

그가 말했다.

"이들을 데려가 물과 음식을 나눠 주고 우리의 신성한 교리를 가르치도록 하시오. 시간이 많이 지체되었다. 진진! 천국으로!"

"천국을 향하여!"

모르몬교도들이 외쳤다. 그 소리는 행렬을 따라 입에서 입으로 물결처럼 퍼져 나갔다. 그 소리는 알아듣기 힘든 웅얼거림으로 사라졌다. 채찍질 소리와 마차 바퀴 소리가 커지면서 행진이 다시 시작됐다. 두 방랑자를 맡게 된 장로가 그들을 자기 마차로 데려갔다. 그곳에는 이미 음식이 그들을 기다리고 있었다.

"여기서 좀 쉬십시오. 며칠 지나면 피로가 좀 풀릴 겁니다. 그리고 이제 당신들은 우리와 같은 신도라는 걸 명심하십시오. 이것은 브리검 영의 말씀이자, 조셉 스미스의 말씀이자, 신의 말씀입니다."

2. 유타의 꽃

　이곳은 모르몬교도들이 그들의 마지막 안식처로 가기 전에 견뎌야 하는 고난과 궁핍을 기념하기 위한 곳이 아니다. 그들은 미시시피 강을 떠나 로키 산맥 서쪽에 이르기까지 모든 역경과 고난을 헤치고 그곳에 닿았다. 몹시 사나운 사람들, 맹수, 굶주림, 갈증, 피로, 질병 등 숱한 고난을 다 겪었으나 그들은 앵글로색슨 족 특유의 강인함으로 이를 모두 이겨 냈다. 하지만 오랜 여행과 축적된 공포는 그들 중 가장 강인한 사람들에게도 동요를 일으키기 충분했다. 그들은 햇빛에 빛나는 유타 계곡에 닿았고 약속된 땅에 도착했고 이 처녀지는 영원히 우리의 것이라는 지도자의 음성을 들었을 때 모두 무릎을 꿇고 진심 어린 기도를 하지 않을 수 없었다.

　브리검 영은 단호한 지도자일 뿐만 아니라 능숙한 행정가였다. 그는 도시를 건설하는 데 필요한 지도와 초안을 완성했다. 땅은 개인의 신분에 따라 분배되었다. 상인은 상업에, 기술자는 기술직에 고루 배치했다. 마술처럼 마을에는 길이 뚫리고 광장이 세워졌고 배수 공사가 이루어졌다. 사람들은 울타리를 세우고 채소를 심고 깨끗이 청소도 했다. 이듬해 여름에는 들판에 심은 밀 이삭이 황금물결을 이뤘고 이 새로운 도시의 모습 또한 한층 풍요로워졌다. 무엇보다도 도시 중앙에 건립된 웅장한 예배당은 점점 커지고 높아졌다. 수많은 고난 속에서 모르몬교도들을 구원하신 그분께 바치는 기념이었던 예배당에서는 동틀 녘부터 해가 질 때까지 망치와 톱질 소리가 끊이질 않았다.

두 방랑자, 존 페리어와 그의 양녀가 된 루시 페리어 또한 모르몬교도들과 이 거대한 여정의 끝에 이르렀다. 루시 페리어는 스탠거슨의 마차 안에서 그의 세 아내와 열두 살 난 고집불통 아들과 잘 어울려 지냈다. 루시는 어린아이답게 엄마를 잃은 충격에서 벗어나 여자들의 사랑을 독차지하며 움직이는 포장마차 집에서 새로운 삶의 안정을 되찾아 갔다. 한편 페리어는 기력을 회복하고 좋은 안내자이자 포기할 줄 모르는 사냥꾼으로 이름을 날렸다. 그는 금방 동지들의 인정을 받았고 브리검 영과 네 장로인 스탠거슨, 켐볼, 존스톤, 드레버 외에 나머지 이주자들이 분배받은 것과 똑같은 비옥한 땅을 받았다.

이렇게 얻은 농장에 존 페리어는 크고 튼튼한 통나무집을 지었고, 해마다 증축을 하여 넓은 저택이 되었다. 그는 실리에 능했고 꼼꼼했으며 손재주도 좋았다. 몸도 무쇠처럼 건강해서 아침부터 저녁까지 토지를 경작하는 일을 할 수 있었다. 그의 농장을 비롯해 그에게 속한 모든 것들이 빠르게 번창했다. 삼 년 후에는 이웃들보다 잘살게 되었고, 육 년 후에는 더 좋아졌고, 구 년 후에는 부자가 되었고, 결국 십이 년 후에는 솔트레이크시티에서 여섯 손가락에 꼽히는 대지주가 되었다.

그런데 페리어는 동료 신자들에게 미움을 사는 것이 딱 하나 있었다. 주변 사람들이 아무리 설득을 해도 다른 교인들처럼 여자를 얻어 가정을 꾸리려 하지 않았다. 그는 그에 대해 아무런 설명을 하지 않았지만 확고하고 외곬으로 자신의 결정에 만족하며 살았다. 사람들은 새로운 신앙을 믿지 않는다며 그를 비난했고 돈이 아까워 결혼을 하지 않는 것이라고 수군거리기도 했다. 혹은 대서양 연안 어디쯤 그를 기다리는 금발의 연인이 있다고도 말했다. 이유가 무엇이든 그는 계속 독신 생활을 했고, 그 외에는 모르몬교의 교리를 잘 지켰다. 그래서 그는 보수적인 정통파 교인이라는 별칭이 붙었다.

루시 페리어는 통나무집에서 자랐고 양아버지의 일을 열심히 도왔다. 산기슭의 맑은 공기와 향긋한 소나무 향은 그녀에게 유모이자 어머니가 되어 주었다. 시간이 지날수록 소녀는 키가 크고 강인해졌다. 그녀의 뺨은 더 발그레해졌고, 발걸음은 더 활기차졌다. 페리어 농장을 오가는 신도들은 아리따운 그녀가 밀밭을 나긋나긋하고 아름다운 자태로 뛰어다니는 걸 보고, 또는 아버지의 야생마에 올라타 진짜 서부의 아이답게 말을 모는 광경을 보며 오랫동안 잊고 지냈던 시절의 일들이 되살아나는 걸 느꼈다. 꽃봉오리는 꽃으로 만개했다.

세월은 루시의 아버지를 대지주의 자리에 올려놓았고 루시는 서부에서 가장 아름다운 처녀가 되어 있었다.

하지만 소녀의 아름다운 모습을 가장 먼저 발견한 사람은 아버지가 아니었다. 그런 일은 좀처럼 없다. 그 신비스러운 변화는 너무 미세하고 느려서 날짜로 측정될 수 없었다. 소녀 자신도 누군가의 목소리나 손길에서 전율이 느껴질 때 비로소 자신감과 공포가 뒤섞인 심정으로 자신의 내부에 어떤 새로운 본능이 깨어나고 있다는 것을 알게 되는 것이다.

새로운 삶의 시작을 알리는 작은 사건과 그 사건이 일어난 날을 기억하지 못하는 사람은 거의 없을 것이다. 루시 페리어의 경우에 그 사건은 다른 사람이나, 그녀의 운명에 끼칠 영향을 제외하고 그 자체만으로도 충분히 심각했었다.

어느 따뜻한 6월 아침이었다. 모르몬교도들은 자신들이 상징으로 삼은 벌집의 꿀벌처럼 바빴다. 들에도 거리에도 일하는 사람들의 소리가 들렸다. 큰길에는 짐을 잔뜩 실은 당나귀 행렬이 지나고 있었다. 그것들은 모두 서부로 향하는 것이었다. 캘리포니아 금광을 찾는 사람들이라면 솔트레이크시티를 통과해야 했기 때문이었다. 그들 무리에는 외진 목초지에서 오는 양과 소, 사람과 말 등이 있었으며 모두 무척 지쳐 있었다. 이 잡다한 무리를 뚫고 루시는 능숙한 솜씨로 말을 몰았다. 격렬한 운동 탓에 루시의 얼굴은 붉게 상기되었고 긴 밤색 머리칼은 바람에 흩날렸다. 아버지의 심부름으로 시내에 가는 길이었다. 전에 했던 것처럼, 그녀는 겁 없는 젊은이답게 말을 타고 달리고 있었다. 루시의 머릿속은 온통 그녀가 해야 할 일에 대한 생각뿐이었다. 여정에 지친 이주자들은 그녀의 아름다움을 넋을 잃고 바라보았다. 심지어

무표정한 인디언들조차 익숙했던 금욕적인 태도를 내려놓고 백인 소녀의 아름다움에 경이로워했다.

　루시는 도시의 변두리쯤 갔을 때 엄청난 소 떼가 길을 막고 있는 것을 보았다. 소 떼를 몰고 있는 것은 평원에서 온 거칠어 보이는 대여섯 명의 목동들이었다. 그녀는 마음이 급해 빈틈으로 말을 몰아 소 떼를 가로지르려 했다. 간신히 빈틈으로 들어가는가 싶더니 어느새 사나운 눈에 긴 뿔을 가진 소 떼들에게 둘러싸였다. 그녀는 가축 다루는 일에 익숙했기 때문에 그런 상황에 놀라지는 않았다. 하지만 소 떼 사이로 뚫고 나가기 위해서 기회가 있을 때마다 말을 재촉했다. 불행히도

소 떼 중 한 마리가—우연인지, 계획된 건지 모르겠으나—말의 옆구리를 뿔로 받았고 말은 미친 듯이 날뛰었다. 그 순간 말이 앞다리를 들고 서서는 격렬하게 코를 힝힝거리며 몸을 아래 위, 좌우로 흔들며 뛰어다녔다. 아주 능숙한 기수가 아니라면 누구든 말에서 떨어질 수밖에 없는 상황이었다. 위험천만한 순간이었다. 말들이 흥분해서 날뛸 때마다 소들은 다시 뿔로 들이받았고 이것은 말을 더 미쳐 날뛰게 만들었다. 소녀가 할 수 있는 것이라고는 말안장에 매달려 있는 것이었다. 그녀는 자칫 미끄러졌다가는 겁에 질린 육중한 짐승의 말발굽에 치여 죽을 위기에 빠져 있었다. 익숙지 않은 갑작스러운 위기에 당황한 소녀는 머리가 어질어질하고 고삐를 쥔 손에 힘이 빠지는 것 같았다. 다투는 짐승들이 뿜어내는 입김과 먼지 구름에 숨이 막혀 어쩔 줄 몰라 하며 절망에 고삐를 놓으려는 순간 한 남자의 다정한 목소리가 들렸다. 그리고 근육질의 갈색 손이 겁에 질린 말의 고삐를 움켜쥐더니 소 떼 밖으로 말을 몰았다.

"아가씨, 다친 데는 없습니까?"

그녀를 구한 그가 정중하게 말했다. 그녀는 검게 그을린 남자의 얼굴을 올려 보며 쾌활하게 웃었다.

"너무 무서웠어요."

그녀는 천진하게 말했다.

"제 말이 소를 겁낼 줄 누가 알았겠어요?"

"안장에서 안 떨어진 게 천만다행입니다."

그가 진심으로 말했다. 그는 키가 크고 부리부리하게 생긴 젊은이로 얼룩덜룩한 말을 타고 있었고. 거친 사냥꾼 옷차림에 어깨에는 긴 총을 메고 있었다.

"존 페리어 씨의 따님이시군요?"

그가 말했다.

"댁에서 말을 타고 나오는 걸 보았답니다. 아버님께 세인트루이스의 제퍼슨 호프 가족을 기억하느냐고 여쭤 봐 주세요. 제가 알고 있는 그 페리어 씨가 맞다면 저희 아버지와 무척 친하셨죠."

"직접 오셔서 물어보는 게 어떤가요?"

그녀는 점잖은 체하며 말했다.

젊은이는 그 제안이 마음에 드는 듯 보였고, 그의 검은 눈이 기쁨으로 빛났다.

"그러죠. 지금은 두 달 동안 산에 머문 탓에 댁에 방문할 몰골이 아니네요."

"아버지께서 무척 고마워하실 거예요. 저도 그렇고요."

그녀가 대답했다.

"저를 무척 아끼시니까요. 제가 만약 소 떼에 깔렸으면 평생 그 충격에서 헤어나지 못하셨을 거예요."

"그건 저도 마찬가지입니다."

청년이 말했다.

"당신이요! 글쎄요. 하지만 당신과 상관없는 일인데요? 우리가 친구인 것도 아니고요."

그녀의 말을 들은 남자의 얼굴이 갑자기 너무 어두워져서 루시가 큰 소리로 웃었다.

"이봐요, 농담이었어요. 우린 이제 친구가 됐으니까 나중에 저희 집에 한번 들러 주세요. 전 이만 가 봐야겠어요. 그러지 않으면 아버지가 더 이상 저를 믿고 일을 맡기지 않으실 테니까요. 그럼 안녕히!"

"안녕."

청년은 대답했다.

청년은 챙이 넓은 멕시코 모자를 벗고 고개를 숙여 그녀의 작은 손에 키스를 했다. 그녀는 말을 돌려 채찍질을 하고 먼지 구름을 일으키며 넓은 도로로 달렸다.

젊은 제퍼슨 호프는 음울하고 과묵한 동료들에게 돌아갔다. 그와 그의 일행들은 네바다 산맥에서 은광을 발견하고 개발 자금을 구하러 솔트레이크시티로 오는 길이었다. 이 갑작스러운 사건이 그의 생각을 다른 쪽을 돌려놓기 전까지 그는 광업에만 열성적으로 몰두해 왔다. 시에라의 산들바람처럼 솔직하고 건강한 예쁜 소녀를 본 순간, 활화산같이 길들여지지 않은 심장이 격렬하게 요동쳤다. 그녀가 더 이상 보이지 않자 그는 인생의 위기가 닥쳐왔다는 것을 깨달았다. 그리고 은광 사업 따위는 루시에 비하면 아무것도 아니라는 생각에 사로잡혔다. 그의 마음속에 요동치는 사랑의 감정은 소년의 갑작스럽고 변덕스러운 환상이 아니라 강인하고 오만한 기질을 가진 한 남자의 거칠고 강한 열정이었다. 그는 성공을 거듭해 왔다. 그는 인간의 노력과 끈기로 이루어 낼 수 있는 것이라면 결코 실패하지 않겠노라고 맹세했다.

제퍼슨 호프는 그날 밤 존 페리어의 집을 방문했다. 그리고 틈만 나면 그 집에 놀러 가 시간을 보냈다. 그는 곧 농장에서 친근한 얼굴이 되었다. 존 페리어는 지난 십이 년 동안 골짜기에 갇혀 농장만 돌봐 오던 터라 바깥세상 일을 모르고 있었다. 제퍼슨 호프는 자신이 겪은 여러 가지 이야기를 존 페리어에게 들려주었다. 그러면 존 페리어뿐만 아니라 루시 또한 호기심 어린 눈으로 그의 이야기에 집중했다. 제퍼슨 호프는 캘리포니아에서 개척자로 활동한 적이 있었고 그래서 초기의 평온한 시절의 캘리포니아 부자들의 성공과 실패 이야기를 들려주었다. 또 그는 정찰병 활동도 했었고, 사냥꾼, 은광 개발과 목동 노릇을 한 적도 있었다. 언제든 재미있는 이야기들이 생각날 때면 만사를 제쳐 두고 그곳으로 달려갔다. 존 페리어는 그를 진심으로 좋아하게 되었고 칭찬을 아끼지 않았다. 그러면 루시는 조용히 있었지만 그녀의 붉어진 얼굴과 밝게 빛나고 행복한 눈빛을 보면 그녀의 마음을 누구에게 뺏겼는지를 분명히 알 수 있었다. 그녀의 순진한 아버지는 딸의 이런 모습을 보지 못했을 수도 있지만 그녀의 마음을 얻어 낸 사내는 그것을 알아보았다.

어느 여름날 저녁, 호프는 말을 타고 페리어 저택으로 와 대문 앞에 말을 세웠다. 루시가 청년을 맞이하러 밖으로 나왔다. 그는 고삐를 울타리 너머로 집어던지고 성큼성큼 걸어 들어왔다.

"루시, 나는 지금 떠나요."

그는 루시의 두 손을 잡고 그녀의 얼굴을 그윽이 바라보며 말했다.

"지금 나와 같이 가 달라고는 말하지 않겠어요. 하지만 다시 내가 여기로 왔을 때는 우리가 함께 떠날 수 있겠죠?"

“그게 언제가 될까요?”

루시는 얼굴을 붉히고 미소를 띠며 말했다.

“기껏해야 두 달이에요. 그때 돌아와서 당신을 데려갈 거예요, 내 사랑. 그 어느 누구도 우리 사이를 방해하지 못할 겁니다.”

“아버지는요?”

그녀가 물었다.

“허락하셨어요, 은광 개발에 성공한다는 조건이 있지만. 그 일이라면 걱정할 필요가 없지요.”

“오, 물론 당신과 아버지가 얘기를 끝냈다면 좋아요.”

그녀는 뺨을 그의 넓은 가슴에 대며 속삭였다.

"하나님! 감사합니다!"

그는 쉰 목소리로 말하며 몸을 굽혀 여자에게 입을 맞추었다.

"그럼 결정된 거예요. 여기 오래 있을수록 떠나기가 힘들어질 것 같아요. 일행이 협곡에서 날 기다리고 있어요. 안녕, 내 사랑, 안녕. 두 달 후에 만나요."

호프가 말에 오르더니 뒤도 돌아보지 않고 쏜살같이 달려갔다. 루시를 한 번 더 보면 마음이 약해질까 봐 두려웠던 것이다. 루시는 문 앞에 서서 그의 모습이 사라질 때까지 지켜보았다. 그리고 집으로 향했다. 그녀는 유타에서 가장 행복한 여자였다.

3. 존 페리어, 선지자와 이야기하다

제퍼슨 호프 일행이 솔트레이크시티를 떠난 지 삼 주가 흘렀다. 존 페리어는 청년이 돌아오면 곧 자신이 목숨보다 사랑하는 수양딸 루시와 헤어지게 된다고 생각하자 마음이 허전했다. 하지만 루시의 밝고 행복한 표정을 보면 고집을 부릴 수가 없었다. 그는 항상 마음속으로 무슨 일이 있어도 그는 루시를 모르몬교도와 결혼시키지 않겠다고 결심하고 있었다. 그런 결혼은 축복이 아니라 치욕일 뿐이었다. 모르몬교의 다른 교리야 어떻든 그 점만은 바뀌지 않았다. 그러나 그 땅에서 이단설을 비추는 것은 위험했기 때문에 신도들에게는 자신의 마음을 숨겼다.

그렇다. 성자들의 땅에서 이단설이란 끔찍한 말이었다. 그것은 독실한 신자로 꼽히는 몇 사람들조차 구설에 올라 배척될까 봐 섣불리

입에 올리지 못하는 무서운 말이었다. 한때 압제의 희생자였던 모르몬교 지도자들은 스스로의 이익을 위해 또 다른 압제자가 되었고, 그들의 잔혹함은 입에 담기조차 끔찍할 지경이었다. 스페인 세비야의 종교 재판이나 독일의 비밀 재판, 이탈리아의 비밀 결사라도 유타 주에 먹구름을 드리운 모르몬교와는 비교할 수가 없었다.

눈에 띄지 않는 모르몬교의 신비로움은 그 조직을 몇 배 더 무섭게 만들었다. 전지전능한 신을 접해 본 사람은 아무도 없었다. 교리에 반기를 든 사람은 소리 소문 없이 사라졌다. 어디로 갔는지 그에게 무슨 일이 발생했는지 아무도 모른다. 부인과 자식들은 집에서 아버지를 기다렸지만 집에 돌아와서 비밀 재판관에 의해 어떤 처벌을 받았는지 말해 주는 이는 없었다. 가벼운 말이나 경솔한 행동에는 죽음이 뒤따랐다. 그러나 이 무서운 힘이 무엇인지 아는 사람은 아무도 없었다. 사람들은 겁에 질려 있었지만 그것을 아무도 입 밖으로 내지 않는 게 놀라울 일은 아니었다. 들판 한가운데에서조차 사람들은 그들을 억누르는 의혹에 대해 감히 속삭여 볼 생각조차 하지 못했다.

처음에는 모르몬교를 받아들였다가 개종한 변절자들에게만 처벌이 가해졌다. 하지만 점점 이 범위가 넓어졌다. 여자들이 부족해 일부다처제라는 교리도 점차 지속될 수 없는 수준에 이르렀다. 이상한 소문들이 나돌기 시작했다. 인디언들이 한 번도 나타난 적이 없던 황무지에서 이주자들이 습격을 당했다는 소문이 돌았고, 장로들은 계속해서 새로운 부인을 얻었다. 초췌한 얼굴로 울고 있는 그녀들의 얼굴에는 지울 수 없는 공포의 흔적이 깃들어 있었다. 산을 넘어온 방랑자들은 복면을 하고 무장한 사내들이 어둠속에서 소리 내지 않고 몰려다니는 것을 목격했다는 이야기를 했다. 이 소문이 꼬리에 꼬리를 물고 구체적인 형태를 갖추더니 결국엔 특정인의 이름까지 거론하게 되었다. 지금 서부의 외딴 목장 지대에 다나이트 밴드(모르몬교 내에서 조직된 일종의 비밀 결사_옮긴이)나 '복수의 천사'라는 이름은 불길하고 두려운 것이 되었다.

이렇게 끔찍한 일들을 하는 조직의 정체에 대해 알면 알수록 사람들의 두려움은 줄어드는 것이 아니라 점점 커졌다. 누가 과연 이 조직의 일원인지도 의문이었다. 신성한 종교의 이름 아래, 살인과 폭행을 저지르는 이들의 이름은 철저히 감춰졌다. 선지자와 그의 사명에 대해 이야기하던 바로 그 친구가 횃불과 칼을 들고 와서 끔찍한 보복을 이행하는 바로 그 집단의 한 사람일 수도 있는 것이다. 그래서 사람들은 점점 이웃을 두려워했고 마음속의 이야기를 절대 입 밖에 내지 않았다.

어느 날 아침이었다. 존 페리어가 밀밭으로 나가려고 하는데 문이 삐걱거리는 소리가 들려서 창문으로 내다보았다. 연한 갈색 머리의 한 뚱뚱한 중년 사내가 현관으로 들어오고 있었다. 그는 바로 위대한 브리검 영이었다. 두려움으로 가득 차서—그의 방문이 좋은 일일 리가 없다는 걸 알기에—페리어는 문으로 달려가서 모르몬교의 우두머리인 그를 반기지 않을 수 없었다. 그런데 그는 페리어의 인사를 차갑게 받고는 험상궂은 얼굴로 거실로 향했다.

"페리어 형제!"

그가 의자에 앉으며, 옅은 눈썹 아래 있는 눈을 날카롭게 치켜뜨고 말했다.

"우리 교인들은 지금까지 당신에게 진실한 친구가 되어 주었소. 사막에서 굶어 죽을 뻔한 당신의 생명을 구해서 음식도 나눠 주었고, 당신을 선택된 땅으로 무사히 데려와서 넓은 땅도 나누어 주었지. 그 덕분에 당신은 우리의 비호 아래 자리 잡고 대지주로 성장할 수 있었소. 그렇지 않소?"

"그렇습니다."

존 페리어가 대답했다.

"그것에 대한 보상으로 우리는 한 가지만을 요구했소. 그것은 참된 신앙을 받아들이고 그것에 순종하며 살라는 것이오. 당신은 그렇게 하겠다고 약속했소. 그런데 듣자 하니, 당신은 우리의 약속을 무시하고 있다고 하던데……."

"무시하다니요. 대체 무슨 말씀이십니까?"

페리어가 공중으로 두 손을 들어 올리고 간언하듯 물었다.

"제가 기금을 빠뜨렸습니까, 예배에 빠졌습니까? 그게 아니라면……."

"당신의 아내들은 어디 있소?"

그가 집을 둘러보며 말을 이었다.

"직접 인사할 수 있게 해 주시오."

"제가 결혼을 하지 않은 건 사실입니다."

페리어가 대답했다.

"하지만 여자들도 적은 데다 저보다 더 필요로 하는 형제들이 많습니다. 저는 외롭지 않습니다. 제 일을 도와주는 딸도 두었고요."

"내가 여기 찾아온 것이 바로 당신의 그 딸 때문이오."

모르몬의 수장이 말했다.

"당신의 딸은 마치 유타의 꽃으로 자랐고, 명망 있는 집들에서 당신의 딸을 눈여겨보고 있소."

존 페리어는 속으로 신음했다.

"그런데 당신의 딸이 이방인과 약혼했다는 이상한 소문이 돌고 있소. 그러나 그건 한가한 자들의 입에 오르내리는 헛소문임이 틀림없을 것이오. 성인 조셉 스미스 율법 제13조가 무엇이던가요? '참된 신자의 딸들은 하나님이 선택한 사람의 아내가 되어야 한다. 만약 그렇게 하지 않고 이방인의 아내가 되는 것은 큰 죄를 짓는 것이다' 계율이 이런데 성스러운 신앙을 갖고 있다고 하는 자의 딸이 이것을 어긴다는 건 있을 수 없는 일이오."

존 페리어는 아무 말 없이, 초조하게 그의 말채찍을 만지작거렸다.

"당신의 신앙심은 이번 일을 통해 증명될 것이오. 장로회의 결정은 이렇소이다. 딸은 아직 어리니 늙은이와 결혼시키지는 않을 것이오. 딸의 의사 또한 존중하겠소. 장로들은 암소(허버트 C. 켐볼은 어느 설교에서 백여 명에 달하는 그의 아내를 이렇게 불렀다.)들이 많으나 그들의 아들들은 아직도 많이 부족하지. 스탠거슨이나 드레버에게도 아들이 있소. 두 집 다 당신의 딸을 기쁘게 반길 것이오. 선택권은 당신의 딸에게 주겠소. 둘 다 젊고 부유하고 신앙심 또한 깊소. 어떻소?"

페리어가 이맛살을 찌푸리며 잠시 침묵이 흘렀다.

"생각할 시간을 좀 주십시오."

마침내 입을 열었다.

"제 딸은 아직 어립니다. 아직 결혼할 나이가 아니에요."

"그럼 한 달 동안 생각할 시간을 주겠소."

그가 일어서며 말을 이었다.

"한 달 뒤 루시는 대답을 해야 하오."

그는 현관으로 넘어가며 붉게 상기된 얼굴로 존 페리어를 쏘아보며
말했다.

"존 페리어, 당신 부녀가 감히 성스러운 장로회의 결정을 어긴다면

차라리 그때 시에라블랑카 산맥에서 해골이 되어 나뒹구는 게 나았을
거라고 여기게 될 것이오!"

위협하는 손짓을 하며 몸을 돌려 밖으로 나갔고 곧이어 자갈길을 걷
는 무서운 발걸음 소리가 들렸다. 페리어가 무릎에 팔꿈치를 괴고 앉
아서 딸에게 어떻게 말해야 할지 고심하고 있을 때 부드러운 손이 그
의 머리를 감쌌다. 고개를 들어 보니 루시가 옆에 서 있었다. 하얗게
질린 루시를 보니 이미 둘의 이야기를 모두 들은 것 같았다.

"못 들은 척할 수가 없었어요."

그녀는 아버지가 묻는 것처럼 보여 말했다.

"그 사람의 목소리가 방 안에 울렸는걸요. 오, 아버지, 아버지, 이제

어쩌죠?"

"너무 무서워 말거라."

페리어는 딸을 끌어안고 크고 거친 손으로 루시의 밤색 머리를 쓰다듬으며 말했다.

"어떻게든 해결할 거다. 그 녀석에 대한 애정이 식은 건 아니겠지? 그렇지?"

루시가 대답 없이 눈물을 흘리며 아버지의 손을 꼭 잡았다.

"그래, 물론 그렇지 않겠지. 네가 그렇다고 말하는 걸 바라지 말아야지. 그 녀석은 장래성이 있는 청년이야. 또 기독교 신자이기도 하지. 이곳 사람들보다 백배는 나을 거야. 내일 네바다로 떠나는 사람들이 있으니 우리의 상황을 담은 편지를 전해 달라고 부탁해야겠어. 아마 소식을 듣는다면 전보보다 더 빨리 돌아올 거야."

루시가 아버지의 표현에 눈물 젖은 얼굴로 웃음을 지었다.

"그가 돌아와서 다 해결해 줄 거예요. 하지만 전 아버지가 걱정돼요. 지도자의 말을 어기면 끔찍한 보복을 당하게 된대요. 반드시 끔찍한 일을 당한대요."

"아직은 거역하지 않았잖니."

아버지는 대답했다.

"그러니 준비할 시간을 있을 게다. 한 달 동안 여유가 있으니. 그 뒤에는 유타를 떠나는 게 최선일 거야."

"유타를 떠난다고요?"

"그래."

"하지만 농장은요?"

"돈으로 바꿀 수 있는 건 최대한 정리해 보고 안 되면 두고 떠나야 겠지. 솔직히 말하면 루시야, 내가 이런 생각을 한 게 처음은 아니란 다. 나는 다른 교도들처럼 지도자를 따를 생각이 없다. 나는 자유로운 미국인이라 이 모든 게 새롭기만 하구나. 내가 받아들이기에는 너무 늙은 모양이다. 그자가 다시 이 농장에 나타난다면 총알 세례를 퍼부어 줄 테다."

"하지만 그들은 우리를 놔주지 않을 거예요."

딸은 반대했다.

"제퍼슨이 돌아올 때까지 기다리자. 곧 무슨 수가 생길 게다. 그동안은 너무 속 태우지 말고 있거라, 애야. 네가 퉁퉁 부은 눈을 하고 있으면 그들은 널 보자마자 나에게 달려들 거야. 겁낼 거 하나도 없다. 위험한 것도 없어."

존 페리어는 자신만만하게 루시를 안심시켰다. 하지만 루시는 그날 밤 존 페리어가 문단속을 철저히 하고 녹슨 산탄총을 정비하고 총알을 넣는 것을 보았다.

4. 필사의 도주

모르몬교 우두머리와 이야기를 나눈 다음 날 존 페리어는 솔트레이크시티로 가서 네바다 산맥으로 가는 지인을 찾아내 제퍼슨 호프에게 보내는 편지를 부탁했다. 편지에는 그들이 얼마나 큰 위험에 빠져 있는지가 상세히 적혀 있었고 속히 돌아오라는 부탁의 말도 함께 있었다. 편지를 보낸 존 페리어는 조금은 홀가분해진 기분으로 집으로 향했다.

그런데 페리어 농장에 도착하니 대문 기둥에 말 두 마리가 묶여 있는 걸 보고 깜짝 놀랐다. 집 안에 들어가자 거실에 앉아 있는 낯선 두 젊은이를 보고 더 놀랐다. 얼굴이 하얗고 긴 남자는 흔들의자에 앉아 발을 탁자 위에 올리고 있었고, 얼굴이 통통하고 목이 굵은 남자는 창가에 서서 두 손을 바지 주머니에 찌르고 휘파람으로 찬송가를 부르고 있었다. 페리어가 들어가자 두 젊은이는 그에게 고개를 까딱했고 흔들의자에 앉은 쪽이 입을 열었다.

"아마 우리를 모르실 겁니다. 이쪽은 드레버 장로의 아들이고 나는 조셉 스탠거슨입니다. 주께서 손을 뻗으사 당신들을 구원하여 진실된 무리 속에 넣어 주셨던 그 사막에서, 같은 마차를 타고 갔던 바로 그 사람이지요."

"때가 되면 주님께서는 모든 나라를 건지시리니, 그분의 맷돌은 천천히 돌아도 대단히 곱게 빻는도다."

다른 남자가 코맹맹이 소리를 내며 말했다.

존 페리어는 차갑게 인사했다. 존 페리어는 그들이 온 목적을 알 것 같았다.

"우리가 여기까지 온 건 말이지요."

스탠거슨이 말을 이었다.

"우리 둘 중에 한 사람이 당신의 딸과 잘 어울리는지 알아보라는 아버님들의 말씀이 있어서요. 저는 부인이 네 명이고 드레버는 일곱 명이니 제가 더 나은 것 같죠?"

"아니지, 아니지, 스탠거슨 형제."

드레버가 외쳤다.

"지금 몇 명을 거느리느냐가 중요한 게 아니지. 몇 명을 부양할 수 있느냐가 중요해. 아버지는 내게 물레방앗간을 물려주셨어. 그러니 내가 더 부유해."

"내 앞날이 더 밝지."

스탠거슨이 부드럽게 말했다.

"아버지가 하나님 나라로 돌아가시면 가죽 공장이 전부 내 것이니 말이야. 게다가 난 자네보다 나이도 많고 교회에서의 지위도 더 높아."

"그건 루시 양이 결정할 문제지."

드레버는 거울에 비친 자신의 모습을 보며 능글맞게 웃었다. 이런 대화가 오가는 동안 존 페리어는 말채찍으로 후려갈기고 싶은 생각을 꾹꾹 참으며 문가에 서 있었다.

"이보게들."

존 페리어가 두 사람에게 성큼성큼 다가가며 마침내 말했다.

"내 딸이 부른다면 다시 내 집에 와도 좋아. 하지만 그때까지 자네들 얼굴은 꼴도 보기 싫네."

두 모르몬교도 청년은 깜짝 놀라 그를 쳐다봤다. 그들은 여자 하나를 두고 자신들이 경쟁을 펼치는 것이 여자와 여자 아버지에게는 최고의 영광이라고 여겼기 때문이다.

"자, 나가는 방법은 두 가지야. 저 문을 열고 제 발로 나가는 것, 그리고 창문으로 내던져지는 것. 어떻게 하겠나?"

페리어의 갈색으로 그을린 얼굴은 아주 사나웠고, 뼈마디가 굵어진 손은 아주 위협적이어서 두 사람은 잽싸게 일어나 문 밖으로 뛰쳐나갔다. 늙은 농부가 그들을 뒤쫓았다.

"어느 쪽이 나을지 결정되면 알려 주게."

그는 비웃으며 말했다.

"당신, 실수한 거야!"

스탠거슨이 하얗게 질려서 소리쳤다.

"당신은 위대한 지도자와 장로회에 반기를 들었어. 죽는 날까지 후회하게 될 거야. 주께서 손을 들어 당신을 칠 것이다."

젊은 드레버가 외쳤다.

"주께서 일어서서 당신을 내리칠 거야!"

"그럼 내가 먼저 치겠다!"

존 페리어가 분노에 차서 소리쳤다. 루시가 달려와 팔을 잡고 말리지 않았다면 그는 이 층으로 올라가서 총을 가져왔을 것이다. 부녀가 실랑이를 하는 동안 말발굽 소리와 함께 그들은 달아나고 있었다.

"저 더러운 악당들!"

존 페리어가 이마의 식은땀을 닦으며 말을 이었다.

"네가 저놈들 중 한 작자를 고르느니 우리가 여기서 그냥 죽는 게 낫겠구나."

"저도 그래요, 아버지."

그녀가 진심으로 대답했다.

"하지만 곧 제퍼슨이 올 거예요."

"그래 곧 오겠지. 빨리 올수록 좋지. 이제 우리는 어떻게 해야 할지 모르겠으니 말이다."

사실 지금이야말로 고집 센 늙은이와 수양딸에게 누군가의 조언과 도움이 절실히 필요한 때였다. 새로운 도시가 건설된 이래로 장로들에게 이렇게 대항한 사람들은 없었다. 지금까지 사소한 언사나 행동으로도 엄벌이 가해졌다면 대체 이들의 운명은 어떻게 될까?

페리어는 그의 명성과 부가 아무 소용이 없다는 것을 잘 알고 있었다. 자신보다 더 유명하고 부유했던 사람들도 전 재산을 몰수당하고 소리 소문 없이 사라졌다. 그는 어떤 고난과 역경에도 굴하지 않는 용감한 사람이었다. 하지만 보이지 않는 테러 집단에 대해서는 공포를 억누르기가 힘들었다. 눈에 보이는 위험에 대해서는 싸워 보겠지만 막연한 공포에는 대항할 방법이 없었다. 그는 딸에게 약한 모습을 보이지 말자고 다짐을 했지만 루시는 사랑하는 아버지가 불안해하고 있다는 걸 곧 알아차렸다.

페리어는 지도자인 영이 곧 경고를 해 올 거라고 예상했는데 그의 생각은 틀리지 않았다. 지도자의 방식은 예상보다도 훨씬 섬뜩했다.

다음 날 그는 침대에서 일어나 이불의 가슴 쪽에 네모난 작은 쪽지가 핀으로 꽂혀 있는 걸 보고 소스라치게 놀랐다. '마음을 고쳐먹을 여유를 29일 주겠소. 하지만 그다음은……'

말줄임표는 어떤 협박보다도 무서웠다. 존 페리어는 대체 이 쪽지가 어떻게 자신의 방에 들어왔는지 생각해 보았지만 도저히 알 수가 없었다. 하인들은 모두 바깥채에서 잠을 잤고 모든 문과 창문을 잠겨 있었다. 존 페리어는 쪽지를 구겨 버리고 루시에게 아무런 내색도 하지 않았다. 하지만 그의 마음속 한구석에 있는 공포는 쉽게 가시지 않았다. 29일은 지도자가 애초에 말했던 한 달의 시간이 흐르고 있음을 뜻했다. 이토록 신비로운 힘을 가진 적에게 대항하려면 어떤 힘이나 용기가 필요한 걸까? 핀을 꽂았던 그 손은 그에게 칼도 꽂을 수 있었을 것이다. 그러면 누가 그를 해쳤는지도 모른 채 죽었을 것이다. 다음 날 더 기괴한 일이 생겼다. 페리어는 딸과 아침 식사를 하기 위해 식탁에 앉았는데 그때 루시가 위쪽을 가리키며 비명을 질렀다. 천장에 타다 남은 막대기로 28이라는 숫자가 쓰여 있었다. 루시는 영문을 모르는 듯했지만 페리어는 구태여 설명해 주지 않았다. 그는 총을 들고 밤새 집 안을 지켰다. 그러나 다음 날, 현관문 바깥에 27이라는 숫자가 페인트로 칠해져 있었다. 하루하루 시간이 흘렀고, 아침에 나가 보면 보이지 않는 적이 눈에 잘 띄는 어딘가에 자비로운 한 달에서 며칠이 남았는지를 표시한 것을 보곤 했다.

어떤 때에는 벽에, 때로는 마룻바닥에 숫자가 새겨져 있었고, 가끔 나무판자나 대문이나 울타리 위에 붙어 있기도 했다. 존 페리어가 아

무리 감시를 해도 누가 이런 걸 남겨 놓는지 알 수 없었다. 그는 거의 미신적인 공포에 질려 있었다. 그의 얼굴은 점점 수척해졌고 눈빛은 불안해졌다. 그는 초췌해졌고 불안해했으며 그의 눈에는 쫓기는 짐승처럼 고통스러움이 비쳤다. 그에게 남은 단 하나의 희망은 젊은 사냥꾼이 네바다로부터 돌아오는 것이었다.

기한은 20일에서 15일 그리고 15일에서 10일로 바뀌었지만 아무 소식이 없었다. 숫자는 하나씩 줄어들었지만 제퍼슨 호프가 돌아왔다는 소식은 어디에서도 들을 수 없었다. 말이나 마차가 지나가는 소리가 들릴 때마다 늙은 농부는 혹시 도움의 손길이 왔을까 싶어 서둘러 문으로 뛰어나갔다. 그러나 5일이 4일이 되고 다시 3일로 바뀌자 그는 용기를 잃고 도망치는 것조차 포기해 버렸다. 그는 혼자였고, 그 거주지를 둘러싼 산맥에 대해서는 아무것도 아는 게 없는 자신이 너무도 무기력하게 느껴졌다. 번잡한 거리에서는 엄격한 감시와 검문이 이루어졌고, 장로회의 허가 없이는 누구도 그 길을 지날 수 없었다. 어느 쪽을 돌아보아도 위협을 피할 수는 없을 것 같았다. 하지만 그의 딸에게 치욕을 허락하느니 차라리 죽고 말겠다는 그의 결심은 절대 흔들리지 않을 것이다.

어느 날 저녁, 혼자 조용히 앉아서 그에게 닥친 문제에 대해 곰곰이 생각하며 빠져나갈 방법을 찾고 있었다. 그날 아침 집 담벼락에 쓰인 2라는 숫자를 봤으니 이제 다음 날이면 허락된 기간의 마지막 날이 될 것이다. 그 뒤엔 어떤 일이 벌어질까? 온갖 모호하고 끔찍한 공상들이 그의 상상을 채웠다. '내 딸은, 내가 없다면 그 아이는 어떻게 될까?' 사방으로부터 조여 오는 보이지 않는 그물망으로부터 도망칠 방법은 없었다. 그는 탁자 위에 고개를 떨구고 자신의 무능함에 흐느꼈다.

이게 뭐지? 고요함 속에서 부드럽게 긁는 소리가 들렸다. 소리는 나지막했지만 조용한 밤이라서 또렷했다. 현관문 쪽이었다. 페리어는 현관으로 기어가서 가만히 귀를 기울였다. 잠시 정적이 흘렀지만 나지막하고 은밀한 소리가 다시 반복됐다. 누군가 아주 조그맣게 문을 두드리고 있는 게 틀림없었다. 비밀 재판소의 암살 명령을 받고 온 한밤

중의 살인자일까? 아니면 마지막 은혜의 날이 왔다고 표시하러 온 심부름꾼일까? 존 페리어는 지금 당장 죽는 것이 가슴을 짓누르며 신경을 좀먹는 이런 공포보다 나을 거라는 생각했다. 그는 벌떡 일어나서 빗장을 열고 현관문을 활짝 열어젖혔다.

현관문 밖은 고요했다. 밤하늘은 맑았고 별은 저 위에서 밝게 빛나고 있었다. 그 농부의 눈앞에 있는 것은 울타리와 대문에 둘러싸인 작은 정원뿐이었다. 어디에도 사람은 보이지 않았다. 그는 안도의 한숨을 내쉬며 좌우를 살폈다. 그의 시선이 발밑에 닿았을 때 한 남자가 바

닥에 엎드려 있는 걸 보고 기겁을 했다. 페리어는 그것을 보고 너무 놀라서 벽에 기대어 비명이 새어나가지 않도록 손으로 입을 막아야 했다. 처음에는 부상자나 죽어 가는 사람이 아닐까 생각했지만 그 사람이 슬금슬금 바닥을 기어 뱀처럼 빠르고 조용하게 집 안으로 들어오는 걸 보았다. 그는 집에 들어오자마자 벌떡 일어서더니 재빠르게 문을 닫았다. 그리고 어안이 벙벙해 놀란 농부에게 자신의 얼굴을 보였다. 제퍼슨 호프였다.

"세상에!"

존 페리어가 숨이 턱 막혔다.

"사람을 왜 이렇게 놀라게 하나? 대체 왜 그 꼴로 들어오는 건가?"

"먹을 것 좀 주십시오."

그는 쉰 목소리로 말했다.

"48시간 동안 빵 한 입, 물 한 모금 먹을 시간이 없었어요."

그는 탁자 위에 저녁에 먹고 남긴 식은 고기와 빵이 놓인 곳으로 달려가 게걸스럽게 먹어 치웠다.

"루시는 잘 견디고 있나요?"

그는 허기를 채우고 나서 물었다.

"그래. 아직 루시는 이 위험을 모르고 있다네."

페리어가 대답했다.

"잘하셨어요. 사방에서 이 댁을 감시하고 있었어요. 그것 때문에 제가 여기까지 기어 온 거예요. 놈들이 꽤나 뛰어난 감시자이긴 하지만 와쇼 출신의 사냥꾼인 저를 잡기에는 역부족이지요."

존 페리어는 이제 헌신적인 동맹군이 생겼다는 걸 깨닫고 다른 사람이 된 것 같았다.

그는 젊은이의 가죽처럼 마른 손을 꼭 잡았다.

"자네가 자랑스럽다네."

그가 말했다.

"자네처럼 우리의 고난과 역경을 덜어 주기 위해 올 사람은 많지 않을 걸세."

"맞는 말씀이십니다, 어르신."

젊은 사냥꾼이 대답했다.

"저는 어르신을 존경합니다. 하지만 이 일과 관련된 사람이 어르신뿐이었다면 말벌통 속으로 머리를 집어넣기 전에 다시 한 번 생각해 봤을 겁니다. 루시가 저를 이곳으로 달려오게 만들었지요. 유타 주 호프가의 씨가 마르기 전에는 루시를 털끝 하나 건드리지 못하게 할 겁니다."

"이제 우리는 뭘 해야 하나?"

"내일이 마지막 날이지요. 오늘밤 실행에 옮기지 못한다면 끝장이죠. 당나귀 한 마리와 말 두 마리를 독수리 골짜기에 데려다 놓았습니다. 얼마쯤 갖고 계시는지요?"

"황금으로는 2,000달러, 그리고 지폐 다섯 장."

"그거면 됩니다. 제게도 그만큼이 있어요. 우선 저 산을 넘어서 카슨 시티로 가야 합니다. 얼른 루시를 깨워야겠어요. 하인들이 바깥채에 있어서 다행입니다."

페리어가 루시를 부르러 간 동안 제퍼슨 호프는 식량을 찾아 모조리 자루에 넣었다. 그리고 작은 항아리를 찾아 물을 가득 채웠다. 그는 산속에 샘이 적다는 것을 오랜 경험으로 알고 있었다. 젊은 사내가 준비를 마치기도 전에 늙은 농부는 옷을 단단히 차려입고 떠날 채비를 한 딸을 데리고 내려왔다. 두 연인은 뜨거웠지만 짧은 인사를 나누었다. 그 몇 분도 소중했고, 할 일이 많았다.

"당장 떠나야 합니다."

제퍼슨 호프가 작지만 확고한 목소리로 말했다. 그는 위험이 얼마나 큰지를 깨닫고 마음을 단단히 먹은 사람 같았다.

"앞문과 뒷문은 감시당하고 있지만, 조심히 옆 창문으로 빠져나가 들판을 건너야 합니다. 일단 길로 나가면 말이 있는 협곡까지는 3.2킬로미터밖에 안됩니다. 동틀 녘까지는 산 중턱을 넘어야 합니다."

"만약 제지당하면 어쩌지?"

페리어가 물었다.

호프는 그의 옷 앞자락에 튀어나온 리볼버의 끝을 찰싹 쳤다.

"만약 인원이 너무 많다면 그들 중에 두세 명을 데리고 가야지요."

그는 쓴웃음을 지으며 말했다.

집 안의 불을 다 껐다. 그리고 어두워진 창문을 통해 지금껏 자신의 것이었지만 앞으로는 영원히 포기해야 할 들판을 마지막으로 바라보았다. 그러나 그는 이미 기꺼이 희생을 치르겠다고 마음먹었고 딸의 명예와 행복을 위해서라면 포기하지 못할 것이 없었다. 바람에 살랑거리는 나뭇잎과 들판의 곡식을 보면 그곳에 위험이 도사리고 있다는 것은 거짓말 같았다. 하지만 제퍼슨 호프의 창백한 얼굴은 그가 이 집으로 오는 동안 그런 위험을 충분히 겪었음을 나타내고 있었다.

존 페리어는 돈 가방을 들고 제퍼슨 호프는 음식과 물을 챙겼다. 루시는 소지품을 넣은 작은 보따리를 들었다. 그들은 창문을 조심스럽게 열고 검은 구름이 달을 가릴 때를 기다려서 한 사람씩 밖으로 빠져나왔다. 그들은 숨을 주기고 몸을 낮춰 정원을 통과해 울타리로 갔고 그쪽에서 다시 옥수수 밭과 이어지는 틈으로 갔다. 그때 제퍼슨 호프가 두 사람을 잡더니 그늘 속으로 잡아당겼다. 그들은 조용히 숨어 떨고 있었다. 제퍼슨 호프는 초원을 지나오면서 훈련을 쌓은 덕분에 스라소니처럼 예민한 귀를 갖게 되었다. 세 사람이 그늘 속에 엎드리자 몇 미터 안쪽에서 올빼미 울음소리가 들렸고 이에 답하는 올빼미 울음소리도 들렸다. 그러자 희미한 검은 그림자가 나타나 올빼미 울음소리를 내더니 맞은편에서 다른 남자가 나타났다.

"내일 밤 자정이야! 쏙독새가 세 번 울 때."

지위가 더 높아 보이는 첫 번째 남자가 말했다.

"알겠습니다. 드레버 형제에게 말할까요?"

다른 남자가 말했다.

"그에게 전해. 그리고 다른 사람들한테도. 9에서 7!"

"7에서 5!"

상대가 대답했다.

두 남자는 각자 다른 방향으로 사라졌다. 그들이 마지막에 주고받은 말은 암호임이 틀림없었다. 두 사람의 발자국 소리가 사라지자, 제퍼슨 호프는 두 사람을 데리고 사력을 다해 들판을 가로질렀다. 루시가 헉헉대자 그는 그녀를 둘러업고 달렸다.

"어서요! 어서!"

그가 가끔 숨찬 목소리로 말했다.

"감시병이 쫙 깔렸어요. 모든 게 속도에 달렸습니다. 조금만 더 빨리요!"

대로에 접어들자 속도는 더 빨라졌다. 지나가는 이가 한 명 있었지만 일행은 얼른 들판으로 몸을 피했다. 그들은 마을에 이르기 전 갈라지는 길에서 바위투성이의 좁은 산길로 향했다. 시커먼 두 개의 봉우리가 어둠속에서 삐죽삐죽 솟아 있는데 그 사이의 좁은 계곡을 따라가면 말들이 기다리고 있는 독수리 협곡이었다. 날카로운 본능을 가진 제퍼슨 호프는 커다란 바위를 골라 디디며 말라붙은 계곡을 따라 올랐다. 바위들이 쭉 늘어서 있는 외딴 구석에 다다르니, 그곳에 충실한 짐승들이 묶여 있었다. 루시는 당나귀에 오르고 페리어는 돈 가방을 들고 말에 올랐다. 이들은 호프의 말을 따라 험한 산길로 향했다.

험악한 자연에 익숙하지 않은 사람에게 그 산길을 통과하기란 무척 힘들었다. 한쪽엔 엄청난 크기의 검고 준엄하며 위협적인 바위가, 어떤 석화된 괴수의 늑골과 같은 험한 지표 위에 세워진 긴 현무암의 기둥과 함께, 천 피트 아니면 그 이상으로 높이 솟아 있었다. 다른 쪽에는 자갈과 깨진 바위가 널려 있어 길을 막고 있었다. 그 사이로 작은 길이 있었는데 그들은 한 줄로 겨우 그 길을 지났다. 그러나 모든 위험과 역경 속에서도 독재자로부터 멀어지고 있다는 생각에 도망자들의 마음은 가벼웠다. 한걸음 내딛을 때마다 끔찍한 폭정으로부터 조금씩 자유로워지고 있었으니까.

하지만 그들은 아직 모르몬교도들의 관할구역에 있는 게 확실했다. 가장 험하고 외진 곳에 도착했을 때 루시는 깜짝 놀라 비명을 지르며 위를 가리켰다. 길이 내려다보이는 바위 위에 보초병이 있었던 것이다. 하늘을 배경으로 어둡고 흐릿한 형태가 보였다. 그들이 보초병을 발견한 순간 그도 그들을 봤다.

"누구냐?"

군대식 수하가 고요한 골짜기에 울려 퍼졌다.

"네바다로 가는 여행자들이오."

제퍼슨 호프가 안장에 걸려 있는 소총을 조심스럽게 잡으며 말했다. 외로운 감시병도 그들의 대답에 만족하지 못했다는 듯 자신의 총을 만지작거리는 게 보였다.

"누구의 허가를 받았는가?"

그가 물었다.

"장로회의 허가를 받았소."

페리어가 답했다. 모르몬교에서 가장 높은 조직이 장로회라는 것쯤은 알고 있었다.

"9에서 7!"

보초가 소리쳤다.

"7에서 5!"

호프가 정원에서 기억해 두었던 응답을 반사적으로 외쳤다.

"통과. 신의 가호가 있기를."

바위 위의 보초가 말했다. 보초를 지나고 나자, 넓은 길이 펼쳐져서 말들은 속보로 달릴 수 있게 되었다. 뒤돌아보니 보초가 총에 몸을 기대고 있는 모습이 보였다. 그들은 이제 모르몬교도의 가장 바깥쪽 초소를 통과했다는 사실을 깨달았다. 이제 자유다.

5. 복수의 천사들

 그들은 밤새 구불구불한 자갈밭을 달렸다. 길을 제대로 찾지 못해 여러 번 애를 먹었지만 그때마다 호프가 산에서 익힌 경험 덕분에 다시 돌아올 수 있었다. 아침이 되자 경이롭고 거친 아름다움이 그들 앞에 나타났다. 사방에는 눈 덮인 산봉우리가 둘러싸고 있었고 서로의 어깨 너머로 지평선을 엿보고 있었다. 길 양쪽의 가파른 절벽에는 낙엽송과 소나무가 아슬아슬하게 매달려 있어서 돌풍이라도 한번 불면 일행의 머리 위로 떨어져 내릴 것만 같았다.

 그러한 두려움은 완전히 말도 안 되는 건 아니었다. 황량한 계곡은 비슷한 방식으로 떨어져 내린 나무와 바위들로 뒤덮여 있었기 때문이다. 그들이 길을 막 지났을 때 마침 큰 바위가 떨어져 내렸고 굉음이 메아리치자 지친 말들이 놀라 날뛰었다.

동쪽 지평선 위로 해가 서서히 떠오르자 산꼭대기에는 축제의 등불이 켜지듯 차례차례 불빛이 일었고 온통 붉게 빛났다. 그 웅장한 광경은 세 명의 도망자들을 기분 좋게 만들어 주었으며 새로운 기운을 주었다. 좁은 골짜기를 휩쓸고 간 급류를 만나자 멈추고 그들은 말에게 물을 먹이고 서둘러 아침을 먹었다. 루시와 그녀의 아버지는 좀 더 쉬고 싶었지만 제퍼슨 호프가 단호한 어조로 말했다.

"그들이 지금쯤이면 추적을 시작했을 겁니다."

그가 말했다.

"우리가 움직이는 속도에 모든 게 달려 있습니다. 카슨 시티에 무사히 도착만 하면 남은 생을 편히 쉴 수 있을 겁니다."

그들은 하루 종일 말을 타고 좁은 길을 달렸고 저녁 무렵에는 솔트레이크시티에서 50킬로미터 정도는 떨어진 것 같았다. 어두운 밤, 그들은 찬바람으로부터 막아 주는 거대한 바윗덩이를 골라 그곳에서 서로 옹기종기 모여서 그 아래에서 조금 눈을 붙였다. 그리고 동이 트기 전에 다시 길을 떠났다. 뒤에서 추적해 오는 기미가 보이지 않았고 제퍼슨 호프는 증오심에 사로잡힌 끔찍한 조직을 따돌렸다고 생각하기 시작했다. 그는 그들이 얼마나 멀리까지, 얼마나 빨리 쫓아와 그들을 덮칠 수 있는지를 깨닫지 못했던 것이다.

도망친 지 이틀째 되는 날 점심쯤이 되자 그들이 가져온 얼마 안 되는 식량이 바닥을 보이기 시작했다. 가야 할 산길이 아직 남았기에 호프는 약간의 불안을 느꼈다. 그는 전에 소총 하나에 의지해서 살았던 일들이 자주 있었다. 그는 쉴 만한 곳을 골라 마른 나뭇가지를 모아 불을 지펴서 부녀가 몸을 녹일 수 있도록 해 주었다. 해발 1,500미터에 이르는 산맥 줄기에 올라와 있기에 공기가 차고 매서웠다. 말을 매어 놓은 다음 루시에게 작별 인사를 하고 어깨에 총을 메고 사냥감을 찾아 자리를 떴다. 뒤돌아보니 부녀는 웅크리고 불을 쬐고 있었고 세 마리의 짐승은 그 뒤에서 꼼짝 않고 서 있었다. 곧 바위에 그들이 가려져 보이지 않았다.

그는 두 개의 계곡을 지나 3킬로미터가량 돌아다니면서 아무 성과도 얻지 못했다. 하지만 나무껍질에 해 놓은 표시나 다른 자국들을 봤을 때 분명 이 부근에 곰이 많이 있을 거라고 판단했다. 결국 두세 시간을 아무 성과 없이 돌아다니다 그냥 돌아갈까 생각할 무렵 그의 심장을 통해 기쁨의 전율이 전해졌다. 튀어나온 벼랑 끝의 1백미터쯤 위에 겉모습은 양과 비슷하지만 두 개의 커다란 뿔을 가진 짐승이 서 있었다. 사람들이 '큰 뿔'이라고 부르는 그 짐승은 사냥꾼에게는 보이지 않는 자신의 무리에서 떨어져 나와 보초 역할을 하고 있었다. 다행히 그것은 반대편을 보고 있었고 사냥꾼의 존재를 알아차리지 못했다. 그는 침착하게 바닥에 엎드려서 총을 바위 위에 올려놓고 신중하게 조준한 다음 방아쇠를 당겼다. 짐승은 공중으로 튀어 올랐다가 순간 벼랑 끝에서 비틀거리더니 계곡 아래로 떨어졌다. 그 짐승은 너무 커서 들어올릴 수 없었다. 그래서 사냥꾼은 다리 한 짝과 옆구리 살을 잘라 가는 것에 만족했다. 저녁때가 다되었기에 그는 전리품을 어깨에 메고 서둘러 길을 되밟아 캠프로 돌아갔다.

그런데 그는 그가 직면한 어려움에 대해 깨닫기 시작했다. 사냥에

만 정신이 팔려서 비슷한 골짜기를 여러 개 지나왔다. 그리고 그가 왔던 길로 되돌아가는 것도 쉬운 일이 아니었다. 지금 그가 있는 계곡은 수많은 골짜기로 나뉘어 있었는데 골짜기 하나하나는 서로 구분하기 불가능할 정도로 서로 비슷했다. 그중 하나의 골짜기를 1.5킬로미터가량 따라가 보다가 그가 전에 한 번도 본 적이 없다는 확신이 드는 급류를 만난 후에야 잘못 왔다는 걸 깨달았다. 뭐가 뭔지 구분할 수가 없었다. 오는 길에는 보지 못한 급류도 보았다. 그는 다른 골짜기에 갔지만 마찬가지였다. 길을 잘못 들었다는 확신이 들면 다른 길을 시도해 봤다. 하지만 결과는 같았다. 밤은 빨리 찾아왔고 마침내 그에게 익숙한 좁은 길을 찾아냈을 때는 거의 어두워져 있었다. 그 후에도 올바른 길을 찾아가는 게 쉽지 않았다. 아직 달도 뜨지 않았고 길 양쪽의 높은 절벽은 모호하고 어둠을 더욱 깊게 만들었기 때문이다. 그는 고기의 무게에 눌려 피곤했고 사냥으로 지쳐 피곤했지만 한 걸음씩 더 나아갈 때마다 루시에게 가까워진다는 생각에 비틀거리며 겨우겨우 앞으로 걸었다. 그리고 그가 지금 가져가는 고기는 남은 여행 기간 동안에 충분할 거라고 확신했다. 그가 떠났던 바로 그 길의 어귀에 도착했다. 어둠속에서 경계를 이루고 있는 절벽의 윤곽선을 알아볼 수 있을 정도였다.

그가 자리를 비운 지 거의 다섯 시간이 지났기 때문에 그들은 불안해하며 기다리고 있을 거라고 생각했다. 그는 기쁜 마음으로 손나발을 만들어서 자신이 돌아왔다는 신호로 메아리를 듣기 위해 큰소리로 '야호' 하고 외쳤다. 그는 멈추고 대답이 들려오기를 기다렸다. 그저 자신의 목소리만이 음산하고 조용한 골짜기에 부딪쳐 메아리쳤던 것이다. 그는 전보다 더 크게 소리쳤다. 하지만 좀 전에 두고 왔던 동료들로부터 아무 소리도 들을 수 없었다. 멍하고 말로 표현할 수 없는 불안감이 엄습해 왔다. 너무 불안한 나머지 귀한 식량마저 집어던지고 미친 듯이 뛰어 올라갔다.

모퉁이를 돌자 장작불을 피웠던 곳이 한눈에 들어왔다. 주위에 타다 남은 재가 있었지만 그가 떠나고 난 뒤에 불을 더 땐 흔적은 없었다. 죽음 같은 정적만이 감돌고 있었다. 그의 공포가 모든 것을 확신으로 바꿔 놓았다. 그는 서둘렀다. 남아 있는 불씨 근처에는 어떤 생명체도 없었다. 말도, 노인도 그리고 루시도 모두 사라졌다. 그가 자리를 비운 동안에 갑작스럽고 끔찍한 재앙이 들이닥쳤던 것이 틀림없다. 그 재앙은 모두를 다 덮쳤지만 아무 흔적도 남기지 않았다.

이 충격 때문에 혼란스럽고 망연자실하여 제퍼슨 호프는 머릿속이 아득해지는 것을 느꼈고 넘어지지 않기 위해 소총에 몸을 기댔다. 그는 본래 행동하는 인간형이어서 일시적인 마비 상태에서 빠르게 회복했다. 잿더미 속에서 반쯤 타다 만 나무 조각을 집어 불꽃을 다시 살리기 위해 입김을 후후 불었다. 그리고 그 불꽃의 도움으로 야영지를 살피기 시작했다. 바닥은 온통 말 발자국으로 가득했다. 거대한 무리가 도망자들을 덮친 것이 틀림없어 보였다. 말 발자국의 방향은 그들이 다시 솔트레이크시티로 돌아갔다는 것을 증명해 주고 있었다. 두 사람 다 데려간 것일까? 그랬을 거라고 자신을 설득하고 있을 무렵 그의 시선이 무언가에 떨어질 때 그의 몸에 있는 모든 신경이 쭈뼛쭈뼛 서는

것 같았다. 야영장에서 조금 떨어진 곳에는 아까는 분명 없었던 붉은
흙더미가 있었다. 그것은 분명 새로 만든 무덤이었다. 젊은 사냥꾼이
다가갔을 때 무덤 위에는 막대기가 꽂혀 있는걸 보았다. 막대기의 갈
라진 틈으로 종이가 끼워져 있었다.

　그 종이에는 다음과 같이 간단히 쓰여 있었다.

　　존 페리어,
　　솔트레이크시티 출신.
　　1860년 8월 4일 사망.

그와 얼마 전에 헤어진 건장한 노인이 죽어 묻혀 있었고, 묘비에 쓰여 있는 것은 그게 전부였다. 제퍼슨 호프는 다른 무덤이 있는지 미친 듯이 찾아보았지만 아무것도 보이지 않았다. 루시는 그들에게 끌려간 게 분명했고 장로의 아들 중 한 명의 아내가 될 운명이었다.

젊은 사내는 그녀의 운명이 불 보듯 뻔하고, 그것을 막기 위해 할 수 있는 것이 아무것도 없다는 것을 깨달았다. 호프는 차라리 그 자신도 노인의 옆에 묻혀 영원히 안식하고 싶었다.

하지만 잠시 후 그의 강인한 정신력은 절망감과 무력감을 떨쳐 버렸다. 그는 만약 자신에게 남은 게 아무것도 없다면 최소한 남은 인생을 바쳐 복수하겠다고 마음먹었다. 그는 천성적으로 강한 인내심을 타고 났고 인디언들에게서 복수심을 배웠다. 그는 복수를 이루리라 다짐에 다짐을 했다. 그리고 자신의 모든 인내심과 복수심을 그 일에 바치겠다고 맹세했다. 제퍼슨 호프에게는 불굴의 인내와 끈기와 더불어 그가 인디언들과 함께 살았을 때 배운 한결같은 복수의 힘 또한 가지고 있었다.

적막한 불가에 서서 자신의 슬픔을 누그러뜨려 줄 수 있는 유일한 것은 자신의 손으로 직접 원수를 처단하는 철저한 복수뿐이라고 생각했다. 그의 강인한 의지와 지칠 줄 모르는 행동력을 이 한 가지 목표에 다 쏟아붓기로 결심했다.

그는 하얗게 질린 얼굴로 음식을 떨어뜨렸던 곳으로 다시 돌아가 고기 덩어리를 주워 왔다. 그리고 꺼져 가는 모닥불을 다시 살리고 며칠 간 버틸 수 있을 만큼의 고기를 불에 구웠다. 그는 이것을 작은 꾸러미로 만든 다음 피곤한 몸을 이끌고 복수의 천사들이 남긴 발자국을 따라 다시 산속으로 향했다. 그는 말을 타고 왔던 길을 5일 동안 걸어서 되돌아갔다. 밤에는 바위틈에서 웅크린 채 몇 시간 눈을 붙였다. 하지만 날이 새기 전에 일어나 부지런히 걸었다. 엿새째 되던 날 그는 불운의 도주가 시작되었던 독수리 골짜기에 도착했다. 거기에서 성도들의 마을이 내려다보였다. 몹시 지치고 기진맥진한 그는 그의 소총에 기대서 그 아래로 펼쳐진 조용하고 넓은 도시를 바라보며 그의 앙상한 손을 부르르 떨었다. 내려다보니 큰 거리에는 깃발에 걸려 있고 다른 축제의 표시들도 있었다. 그가 아직도 그것이 무엇을 의미하는지 고심하고 있을 때 말발굽 소리가 들려왔고, 그때 말을 탄 남자가 달려오는 게 보였다. 그가 가까이 왔을 때 쿠퍼라는 이름의 모르몬교도라는 것을 알아차렸다.

호프는 전에 몇 번 그를 도와준 적이 있다. 그래서 쿠퍼가 다가왔을 때 루시 페리어가 어떻게 됐는지 알아보기 위해 앞으로 다가섰다.

"난 제퍼슨 호프요! 날 기억하시죠?"

모르몬교도가 깜짝 놀라 그를 쳐다보았다. 사실 다 떨어진 옷을 입고 헝클어진 머리에 섬뜩할 정도로 하얗게 질린 얼굴과 사나운 눈빛을 가진 이 방랑자가 예전의 그 멋진 사냥꾼이라는 것을 알아보기 어려웠다.

그는 한참 호프를 들여다보더니 마침내 그를 알아보고는 아연실색했다.

"이보시오. 여기가 어딘 줄 알고 나타난 거요? 당신과 이야기했다는 것만으로도 난 잡혀갈 것이오. 당신은 페리어 부녀가 도망치도록 도운 죄로 장로회는 당신을 잡아들일 거요!"

"난 장로회나 체포도 겁나지 않습니다."

호프가 진심으로 말했다.

"쿠퍼 씨, 당신은 이 사건에 대해 분명 뭔가 알고 있을 거요. 부디 제 질문에 당신이 아는 모든 것을 대답해 주시기를 부탁드립니다. 우린 항상 친구였잖소. 제발 거절하지 말아 주세요."

"무엇이 말이오?"

모르몬교도는 불안해하며 물었다.

"빨리 해요. 바위에도 귀가 있고 나무에도 눈이 있으니."

"루시 페리어는 어떻게 됐습니까?"

"그녀는 어제 드레버의 아들과 결혼했소. 이보게, 정신 차리시오. 얼굴에 핏기가 하나도 없지 않소."

"난 괜찮아요."

호프는 힘없이 말했다. 그는 입술까지 하얘져서는 그가 기대고 있던 바위에 털썩 주저앉았다.

"결혼이라고요?"

"어제 식을 치렀소. 깃발이 내걸린 건 그 때문이지요. 그녀를 두고서 누가 그녀를 차지할 건지 스탠거슨과 드레버가 경쟁을 벌였소. 둘 다 페리어 부녀를 추적한 무리에 속해 있었지. 스탠거슨이 존 페리어를 처단해서 좀 유리해 보였지만 공개적으로 의회를 열었을 때는 드레버 가문이 더 강했는지 선지자께서는 드레버에게 여자를 주었소. 하지만 어느 누구도 여자를 오래 차지하진 못할 거요. 어제 그녀의 얼굴에서 죽음을 보았소. 사람이라기보다 유령에 가까웠지. 그럼 이제 떠나는 것이오?"

"예, 떠납니다."

자리에서 일어서며 제퍼슨 호프가 말했다. 그의 얼굴은 대리석을 깎아 놓은 것처럼 딱딱하게 굳었지만 눈에서는 뭔가 불길한 빛이 쏟아졌다.

"어디로 가오?"

"알 것 없소."

이렇게 대답하고 호프는 총을 어깨에 둘러메고 산골짜기로 성큼성큼 내려가 사나운 짐승들이 자주 출몰하는 깊은 산속으로 사라졌다. 하지만 깊은 산골짜기에서 호프만큼 사납고 위험한 존재는 없었다.

쿠퍼의 예언은 너무도 잘 맞아 떨어졌다. 루시는 아버지의 죽음에 대한 충격 때문인지 증오하는 남자와의 억지로 한 결혼 때문인지 가엾은 루시는 활짝 피어 보지도 못하고 한 달간 시름시름 앓다가 세상을 떠났다. 애초부터 존 페리어의 재산에 혹해 그녀와 결혼한 술주정뱅이 남편은 그다지 슬퍼하지도 않았다. 하지만 그의 다른 아내들은 루시의 죽음을 애도하며 모르몬교의 교리대로 장례식 전날 밤을 새워 그녀의 곁을 지켰다. 이른 아침 그들이 그녀의 관을 빙 둘러싸고 모여 있었다. 그때 문이 벌컥 열리더니 누더기 차림의 햇빛에 새카맣게 그을린 몹시 사납게 생긴 한 사내가 방으로 성큼성큼 걸어 들어왔다. 깜짝 놀라 말로 표현할 수 없는 공포로 움츠리고 있는 여자들에게는 눈길 한 번 돌리지 않고 한때 루시 페리어의 순수한 영혼을 담았지만 지금은 말없이

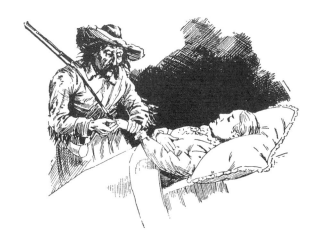

누워 있는 시신에게 다가갔다. 그는 몸을 굽혀 그녀의 차가운 이마에 입을 맞추었다. 그러고 나서는 루시의 손을 잡더니 그녀의 손가락에서 결혼반지를 빼냈다.

"그녀가 반지를 낀 채로 묻히게 둘 순 없지."

무섭게 소리치더니 경보음이 미처 울리기도 전에 계단으로 내려가 사라졌다. 너무 이상하고 순간적인 일이라서 신부의 반지가 사라지는 부인할 수 없는 사실이 아니었다면 지켜보는 사람들도 자신의 눈을 의심하고 다른 사람을 납득시키기도 어려웠을 것이다.

제퍼슨 호프는 몇 달 동안 산속에서 마치 들짐승같이, 그를 사로잡은 복수심을 불태우며 시간을 보냈다.

도시에는 수상한 자가 교외를 서성이는가 하면 인적 없는 산골짜기에 출몰한다는 이야기가 돌았다. 한번은 스탠거슨의 창문에 총알이 뚫고 들어와 그의 몸에서 30센티미터가 채 되지 않는 곳에 박힌 일이 있었다. 또 길을 지나는 드레버의 머리 위로 커다란 바윗덩이가 굴러떨어져 목숨을 잃을 뻔한 일도 생겼다. 얼마 지나지 않아 두 젊은 모르몬교도는 자신들이 죽을 뻔한 이유를 알게 되었고 그 적을 잡기 위해 원정대를 결성해 산으로 들어갔지만 번번이 실패했다. 그래서 그들은 예방책으로 해가 진 후에는 그리고 혼자서는 밖으로 나가지 않게 되었고, 그들의 집에 경비를 세워 두었다. 세월이 흐르면서 그들의 적이 나타나지도 않고 아무 소식도 들리지 않게 된 한참 후에서야 그들은 경계를 풀 수 있었다. 그리고 시간이 그의 복수심을 식혀 주었기를 바랐다.

하지만 시간이 흐를수록 호프의 복수심은 커져만 갔다.

그는 원래 강직하고 고집이 센 천성이었는데 이제는 복수에 대한 생각으로 가득 차서 다른 감정이 들어올 틈이 없었다. 하지만 그는 무엇보다 현실적인 사람이었다.

그는 아무리 강인한 체질의 사람이라도 끊임없는 압박을 견뎌 낼 수 없을 거라는 것을 곧 깨달았다. 노숙과 형편없는 식사로 인해 그의 몸은 지쳐 가고 있었다. 만약 그가 산속에서 죽고 만다면 복수는 누가 해 줄 수 있을까? 이런 삶을 계속한다면 그는 결국 죽게 될 것이 뻔했다. 그는 그것이 적을 더 기쁘게 만들 것임을 깨달았다. 그래서 마지못해 네바다 광산으로 돌아갔다. 거기서 안정을 찾고 몸을 추슬러 목표를 달성하는 데 필요한 돈을 충분히 모을 계획이었다. 복수의 날을 도모하기로 했다.

그는 처음에 일 년 정도 광산 생활을 하려 했으나 예상치 못한 사건들 때문에 거의 오 년이나 그곳을 떠나지 못했다. 하지만 시간이 지날수록 자신의 실수에 대한 자책감과 복수를 향한 갈망은 존 페리어의 무덤가에서 있었던 잊을 수 없는 그날 밤보다도 훨씬 더 강해졌다.

그는 변장을 하고 이름을 바꿔서 솔트레이크시티로 돌아갔다. 그는 자신이 믿는 정의를 위해 자신의 목숨을 버릴 각오가 되어 있었다. 그런데 그곳에서 그를 기다리고 있는 건 안 좋은 소식이었다. 몇 달 전 선민들 사이에서 분열이 생겨 교회의 소장파들이 장로들의 권위에 반기를 들었다. 그래서 불만을 품은 젊은 신도들이 모르몬교를 등지고 유타를 떠나 기독교인이 되었던 것이다. 스탠거슨과 드레버도 그들 중 하나였다. 그들이 어디로 숨었는지는 아무도 몰랐다. 항간에 들리는 소문에는 드레버는 그의 재산 중 상당 부분을 정리해 돈으로 바꿨지만 반면 그의 친구 스탠거슨은 완전 빈털터리 신세로 길을 떠났다고 했다. 하지만 그들의 행방에 대해서는 어떤 단서도 없었다.

많은 사람들은 그런 힘든 일 앞에서는 복수의 마음도 누그러지기 마련인데 제퍼슨 호프는 변한 상황 앞에서 조금도 흔들리지 않았다. 그는 이런저런 일을 하면서 그들을 찾기 위해 미국 전역을 누볐다. 그의 검은 머릿발이 희끗해질 만큼 세월이 흘렀지만 그는 여전히 평생을 바쳐 하나의 목표만을 좇는 인간 사냥개로 떠돌았다.

마침내 그의 노력이 결실을 맺었다. 오하이오 주 클리블랜드에서 창문 밖으로 흘끗 본 것만으로도 그가 그토록 찾고 있던 그 남자들이라는 것을 알 수 있었다. 호프는 모두 정리된 복수의 계획을 가지고 누추한 숙소로 돌아왔다. 그런데 드레버도 우연히 창가를 내다보다가 거리에 있는 방랑자가 호프라는 것을 알아봤다. 그는 호프의 눈에서 살기를 봤다. 그의 비서 스탠거슨과 함께 치안판사에게 가서 질투와 증오에 눈먼 옛 적이 자신들의 목숨을 노리고 있다고 신고했다. 그날 저녁 제퍼슨 호프는 체포됐고, 보증인이 없어 몇 주나 갇혀 있었다. 그가 가까스로 풀려났을 때 드레버의 집은 비어 있었고 이들은 이미 유럽으로 도망가고 없었다.

그의 복수는 좌절되었지만 다시 증오심으로 똘똘 뭉쳐서 추적을 재촉했다. 하지만 자금이 부족했고 그는 다시 일을 시작했으며, 다가올 여행을 생각하며 알뜰하게 저축했다. 마침내 충분한 돈을 모은 그는 유럽으로 떠났고 적들을 찾아서 이 도시에서 저 도시로 옮겨 추적했지만 그 도망자들을 따라잡지 못했다. 그가 페테르부르크에 가면 그 두 사람은 이미 파리로 떠난 뒤였고, 파리까지 쫓아갔을 땐 그들은 방금 코펜하겐으로 떠난 후였다. 코펜하겐에 도착했을 때 또 며칠이 늦어서 그들은 이미 런던으로 몸을 피한 뒤였다. 그는 런던에서 마침내 그들을 찾아냈다. 런던에서 일어난 일에 대해서는 늙은 사냥꾼이 직접 털어놓는 이야기를 인용하는 것이 좋을 것 같다. 이 모든 것은 우리가 덕을 봤던 왓슨 박사의 일기에 상세히 적혀 있다.

6. 존 왓슨의 회상록 계속

    우리 포로가 맹렬하게 저항하긴 했지만 그가 기질적으로 흉포한 사람은 아닌 듯했다. 일단 포박되자 상냥하게 웃으며 아까 실랑이를 하다가 혹시 다친 사람은 없는지 걱정을 표했다.

    "나를 경찰서로 데려가시겠군요."

    그가 홈즈에게 말했다.

    "제 마차가 문 앞에 있습니다. 다리를 풀어 준다면 걸어 내려가겠습니다. 제 몸이 예전만큼 가볍지 않아서 들기 쉽지 않으실 테니 말이오."

    그렉슨과 레스트레이드는 뻔뻔스럽다는 듯 포로를 쳐다보았으나 홈즈는 그의 말을 듣고 발목을 감쌌던 수건을 풀어 주었다. 그는 일어나서 다리가 자유로워졌는지 확인하려는 듯 기지개를 켰다. 나는 그때 제퍼슨을 보고 이렇게 단단한 체격의 남자를 본 적이 없다고 생각했다. 그리고 햇빛에 검게 그을린 얼굴에서 그의 육체적 힘만큼이나 강한 결단력과 기개가 풍긴다고 느꼈다.

"만약 경찰서장 자리가 비어 있다면 바로 당신이 적임자일 겁니다. 당신은 정말로 신중했습니다."

그는 나의 동료 하숙인인 홈즈를 존경의 눈빛으로 바라보며 말했다.

"나를 추적한 방식은 놀라웠소. 두 분도 함께 가시지요."

홈즈가 두 형사에게 말했다.

"마차는 내가 몰겠습니다."

레스트레이드가 말했다.

"좋습니다. 그렉슨 씨는 나와 함께 탑시다. 왓슨 박사도 함께 가시지요. 이 사건에 관심이 많으셨으니 같이 가는 것이 좋겠군요."

나는 기쁘게 수락했고 우리는 함께 아래층으로 내려갔다. 제퍼슨 호프는 탈출하려 하지 않았고 원래 자신의 것이었던 마차 안으로 조용히 들어갔고 곧이어 우리도 마차에 올랐다. 레스트레이드는 마부석에 올랐고, 채찍질을 해서 순식간에 우리를 경찰서에 데려다 주었다. 우리는 작은 방으로 안내되었다. 그곳에서는 한 경감이 우리가 데려온 범인의 이름과 희생자들의 이름을 적었다. 경감은 차분하고 냉정해 보이는 인상으로 맡은 일을 기계적으로 수행했다.

"피의자는 이번 주에 판사 앞에 서게 될 겁니다. 제퍼슨 호프 씨, 다른 할 말은 없습니까? 당신의 말은 모두 기록될 것이며 이는 당신에게 불리하게 사용될 수도 있습니다."

"할 말이 많습니다."

제퍼슨이 천천히 입을 뗐다.

"나는 여러분에게 모든 것을 말하고 싶습니다."

"그것을 법정에서 하는 게 낫지 않겠소?"

경감이 말했다.

"나는 재판정까지 가지 않을지도 모릅니다. 놀라진 마십시오. 자살할 생각은 없으니까요. 당신은 의사입니까?"

그는 마지막 질문을 하면서 날카로운 시선을 나에게 돌렸다.

"그렇습니다."

나는 대답했다.

"여기에 손을 대 보십시오."

그는 웃으며 수갑 찬 손으로 자기 가슴을 가리키며 말했다.

나는 그의 가슴에 손을 올려놓았다. 나는 가슴 안쪽에서 일어나는 심상치 않은 맥박과 소동을 단박에 알아차렸다. 그의 흉벽은 마치 무너질 듯한 건물 안에서 작동하는 강력한 엔진 같았다. 침묵이 흐르는 방 안에서 나는 심장으로부터 벌이 윙윙거리는 듯한 소리를 들을 수 있었다.

"아니 이럴 수가!"

나는 외쳤다.

"당신은 대동맥류 환자로군."

"의사들이 그렇게들 이야기하더군요."

그는 평온하게 말했다. "나는 이것 때문에 지난주에 병원에 갔었죠. 며칠 내로 심장이 터질 거라고 했습니다. 몇 년 동안 내 상태는 나빠지고 있지요. 그건 내가 솔트레이크시티의 산속에서 고생하고 제대로 먹지 못해 생긴 병입니다. 이제 내가 할 일은 모두 마쳤으니 죽는다 해도 여한은 없습니다. 그러나 사건의 진실은 밝히고 싶습니다. 그저 그런 살인사로 기억되고 싶시는 않습니다."

경감과 두 형사는 범인에게 이야기를 할 기회를 주어야 할지에 대해서 긴급하게 논의했다.

"왓슨 박사, 조만간 위독한 상태가 올 거라고 생각되십니까?"

경감이 말했다.

"그럴 가능성이 아주 높죠."

"그렇다면 그의 이야기를 듣는 것이 우리의 임무겠군요."

경감이 말했다.

"제퍼슨 씨, 마음껏 이야기해도 좋습니다. 다시 한 번 알려 드리는 바이지만 그것은 모두 기록될 것입니다."

"괜찮다면 여기 앉겠습니다."

호프는 의자에 앉으며 말했다.

"병 때문에 나는 쉽게 피로해집니다. 그리고 삼십 분 전에 몸싸움을 벌여서 그런지 무척 힘들군요. 나는 지금 무덤 바로 앞에 가 있는 사람이니 거짓을 말하지는 않겠습니다. 내가 말하는 한마디 한마디는 완벽한 진실입니다. 그리고 당신이 그것을 어떻게 사용하든지 그건 내게 중요한 일이 아닙니다."

그렇게 말하고 제퍼슨 호프는 의자에 기대 놀라운 이야기를 시작했다. 하지만 평범한 이야기를 하듯 나직하고 조용히 말했다. 다음 이야기가 정확하다는 것은 내가 보증하겠다. 왜냐하면 범인이 말한 한마디 한마디를 정확히 기록한 레스트레이드의 수사 노트를 보았기 때문이다.

"내가 왜 그들을 증오했는지 당신들은 관심이 없겠지요."

그가 말했다.

"그들은 두 사람을 죽인 것만으로도 충분히 유죄요. 그들은 한 부녀의 목숨을 빼앗았습니다. 시간이 오래 흘러서 이제 나는 어떤 법정에서도 유죄 판결을 입증할 수 없게 되었습니다. 그러나 나는 그들이 죄를 지었음을 알기에 나는 스스로 판사, 배심원, 사형 집행인이 되기로

했습니다. 당신들이 남자라면 그리고 내 입장이었다면 아마 당신들도 그렇게 했을 겁니다.

내가 말하는 그녀는 이십 년 전 내 정혼자였습니다. 그러나 강제로 드레버와 결혼하게 되었고 상심해서 세상을 떠났습니다. 나는 죽은 그녀의 손가락에서 결혼반지를 빼며 언젠가 드레버란 놈이 이 반지 앞에서 죽을 것이며 그가 저지른 범죄 때문에 죽는다는 것을 깨우치게 하겠다고 마음먹었습니다. 그 반지를 지니고 나는 드레버와 그의 공범을 잡기 위해 두 대륙을 쫓았습니다. 그들은 내가 지쳐서 떨어져 나갈 거라고 생각했지만 그런 일은 없었지요. 만일 내가 내일 죽는다 해도, 아마 그럴 확률이 높겠지만, 나는 내 할 일을 훌륭히 마치고 가는 겁니다. 그들은 내 손에 죽었고 이제 나는 더 이상 원하는 게 없습니다.

그들은 부유했고, 나는 가난했지요. 그래서 내가 그들을 추적하는 건 쉽지 않았습니다. 런던에 도착했을 때 내 주머니는 비었었고, 먹고 살기 위해 뭔가 해야 했지요. 마차를 끌고 말을 모는 것은 나에게 걷는 것처럼 자연스러웠기에 나는 마부 사무실에 지원을 했고 곧 고용되었지요. 일주일마다 사납금을 내고 남은 금액을 가졌지요. 돈을 많이 모을 수는 없었지만 입에 풀칠은 할 수 있었습니다. 이 일이 가장 어려웠던 건 길을 익히는 것이었습니다. 모든 길이 미로 같았지만 나는 용케 해냈습니다. 이 런던이라는 도시는 가장 복잡한 곳이지요. 하지만 항상 지도를 가지고 다니며 중요한 호텔과 역 위치를 익혔고 다음부터는 조금 쉬워지더군요. 그 두 놈이 사는 곳을 알아낸 건 얼마 전이었습니다. 그놈들을 찾을 때까지 계속해서 묻고 다니다가 우연히 알게 되었죠. 강 건너 캠버웰의 어느 하숙집이더군요. 일단 그들을 찾아 내자 그놈들은 내 손안에 있다는 걸 알았습니다. 나는 턱수염을 길렀 기에 그들이 나를 알아볼 가능성은 없었지요. 기회가 올 때까지 그들 을 따라다녔습니다. 다시는 그들을 놓치지 않겠다고 다짐했습니다. 그 래도 그들을 놓칠 뻔한 적이 있지요. 그들이 어디를 가든 나는 항상 그 뒤를 바짝 쫓았지요. 어떤 때는 내 마차로, 어떤 때는 걸어서 쫓아다녔 는데, 마차가 가장 좋았지요. 왜냐하면 그들은 나에게서 벗어날 수 없 었으니까요. 그래서 일은 아침 일찍이나 밤늦게만 할 수 있었지요. 그 래서 사납금이 밀리기 시작했어요. 하지만 내가 원하는 두 놈을 내 손 으로 잡을 수만 있다면 그런 건 개의치 않았죠. 그들은 아주 교활했죠. 그들은 자신들이 미행당할 가능성이 있다고 생각했던 것이 틀림없습 니다. 왜냐하면 그들은 절대 혼자 다니지 않고, 해가 진 후에는 밖에 나오지도 않았으니까요. 이 주 동안 마차를 타고 그들을 쫓았는데 둘 이 떨어진 걸 본 적이 없었습니다. 드레버는 하루 중 반은 취해 있었지 만 스탠거슨은 항상 정신을 똑바로 차리고 있었지요. 나는 그들을 밤 늦게 그리고 아침 일찍도 지켜보았지만 기회는 찾아오지 않았습니다. 하지만 때가 다가오고 있다는 걸 직감했기에 실망하지 않았습니다. 유 일한 내 걱정은 내 가슴에 든 이 녀석이 일이 끝나기도 전에 너무 빨리 터져 버리지는 않을까 하는 것이었습니다.

   마침내 어느 날 저녁, 그들의 하숙집이 있는 토퀘이 테라스 거리를 왔다 갔다 하는데 마침 마차 한 대가 그들의 집 앞에 서더군요. 그러고 는 짐을 싣더니 드레버와 스탠거슨을 태우고 어디론가 떠났습니다. 나는 마차를 몰아 그들을 뒤쫓아 갔지요. 하숙집을 옮기는 것이 아닌지 얼마나 마음을 졸였는지 모릅니다.

그들은 유스턴 역에 내렸고 나는 한 소년에게 잠시 마차를 맡긴 뒤 플랫폼으로 그들을 따라갔습니다. 두 사람은 역무원에게 리버풀행 기차가 있냐고 물었고 역무원은 방금 떠났고 몇 시간 후에 다음 기차가 있다고 대답했습니다. 스탠거슨은 낙담한 표정이었지만 오히려 드레버는 좋아하는 것 같더군요. 바삐 움직이는 사람들 사이에 있었기에 나는 그들 가까이에 서서 그들 사이에 오가는 이야기를 다 들을 수 있었습니다. 드레버는 혼자 할 일이 있으니 잠시 기다리면 곧 다시 돌아오겠다고 했고 스탠거슨은 둘이 같이 붙어 다니기로 다짐하지 않았냐며 항의했죠. 그러자 드레버는 복잡한 일이니 혼자 가야 한다고 대답했죠. 스탠거슨이 뭐라고 했는지는 못 들었지만 드레버는 온갖 욕설을 퍼부으며 비서가 주제넘게 명령을 한다고 소리쳤습니다. 그러자 비서는 포기하고 만약 마지막 기차를 놓치게 되면 할리데이스 프라이빗 호텔에서 자신을 찾으라고 말했습니다. 드레버는 열한 시 이전까지 역으로 돌아오겠다고 말하고 역을 나섰지요.

드디어 내가 그토록 기다리던 순간이 온 겁니다. 적들이 내 손아귀에 들어온 것입니다. 둘이 있을 땐 서로를 보호해 주지만 따로 떨어지면 내가 마음먹은 대로 할 수 있으니까요. 하지만 나는 섣불리 행동하지 않았습니다. 계획은 이미 짜여 있었지요. 누구로 인해서 무엇 때문에 죽는지 모른다면 복수는 달성될 수 없습니다. 나는 나를 망가뜨린 사람이 그 자신의 죄악 때문에 죽는다는 사실을 처참히 깨닫도록 시간을 주고 싶었습니다.

　그런데 얼마 전 브릭스턴 가에 빈집을 보러 갔던 신사가 그 집 열쇠를 놓고 내린 적이 있었습니다. 그 양반은 그날 저녁 열쇠를 찾아갔지요. 하지만 그사이에 열쇠의 본을 떠 놨다가 복사해 두었지요. 그 열쇠로 인해 이 거대한 도시에서 편하게 쓸 수 있는 공간을 갖게 된 것이지요. 이제는 드레버를 그곳으로 어떻게 유인하느냐 하는 문제가 남았지요.

　드레버는 길을 걷다 술집을 몇 군데 들르더군요. 마지막 술집에서는 삼십 분이나 머물렀고 거기서 나와서 비틀거리는 걸 보니 고주망태가 된 것이 분명했습니다. 바로 내 앞에 이륜마차가 있었고 그는 올라탔지요. 나는 가는 내내 내 말의 주둥이가 그자가 탄 마차와 1미터 이내를 벗어나지 않도록 바짝 붙어 그 뒤를 따랐습니다. 워털루 다리를 건너고 또 몇 개의 거리를 지났지요. 놀랍게도 그가 향한 곳은 그가 하숙했던 토퀘이 테라스였습니다. 나는 그가 무슨 의도로 그 하숙집으로 되돌아갔는지 알 수 없었지만 100미터쯤 떨어진 곳에 마차를 세웠습니다. 드레버는 집 안으로 들어갔지요. 이륜마차는 떠났어요. 말을 하다 보니 목이 타는군요. 물 한 잔만 주시겠습니까?"

　내가 물잔을 건네주었고 그는 단숨에 물을 들이켰다.

　"좀 낫군요."

　그가 말했다.

　"나는 십오 분 정도 밖에서 기다렸습니다. 무슨 일인지 집 안에서 사람들이 싸우는 소리가 들리더군요. 그리고 현관문이 열리더니 두 남자가 나왔습니다. 한 사람은 드레버였고 다른 한 사람은 생전 처음 본 어떤 젊은이였지요. 그는 드레버의 멱살을 잡더니 다시 밀치고 발로 찼습니다. 드레버는 길 한복판까지 날아갔죠. 젊은이가 몽둥이를 흔들며 말하더군요.

'이 개자식아, 순진한 소녀를 모욕한 죄가 뭔지 가르쳐 주지!'

그는 너무 흥분해서 정말로 몽둥이를 날릴 기세였죠. 그 개자식은 걸음아 날 살려라 하며 도망쳐 나오다 내 마차를 보고는 뛰어올랐습니다.

'할리데이스 프라이빗 호텔로 갑시다.'

그자가 말했죠.

그가 내 마차에 타자, 너무 기뻐서 내 심장이 터져 버릴 것 같았고, 마지막 순간에 내 대동맥이 터지는 건 아닌가 두려울 정도였습니다. 나는 어떻게 하는 것이 최선일지를 생각하며 천천히 말을 몰았습니다. 나는 그를 데리고 교외로 나가 마지막 이야기를 해 볼까도 생각했습니다. 내가 거의 결심을 내렸을 때 그자가 해결책을 내놓았죠. 술에 미친 그 작자는 어느 술집 앞에 마차를 세우라고 하더군요. 그는 기다리라는 말을 남기고 들어갔죠. 드레버는 그 술집이 문을 닫을 때까지 술을 마셨고 몸을 가눌 수 없을 때까지 취한 걸 보고 이제 이 게임은 끝났다는 걸 알았죠. 내가 그자를 무자비하게 죽일 의도를 가졌다고 생각하신 마세요. 내가 그렇게 했다면 그건 융통성 없는 정의에 불과하지요. 하지만 그렇게 할 수는 없었죠.

나는 그가 살아남길 원한다면 그의 목숨을 걸고 쇼를 한번 해야 한다고 오래전부터 생각해 왔습니다. 나는 미국에서 방랑할 때 수많은 직업을 가졌었는데 요크 대학 연구실에서 수위 겸 청소부로 일했던 적이 있습니다. 어느 날 교수가 독극물에 대한 강의를 하면서 그의 학생들에게 남아메리카 원주민 독화살로부터 추출한 알칼로이드를 보여 주었어요. 그것은 너무도 강력해서 극미량으로도 사람을 즉사시킬 수 있다고 했습니다. 나는 그 약병을 눈여겨보았다가 모두 다 나간 뒤에 조금 챙겨 두었습니다. 나는 약을 조제하는 기술이 꽤 좋았기에 나는 그것을 물에 용해되는 작은 알약으로 만들었습니다. 그리고 비슷하게 생긴 독이 없는 알약과 함께 나무 상자 안에 넣었습니다. 그리고 언젠가 그날이 오면 두 원수에게 알약을 고르도록 하고 나머지는 내가 먹으리라 마음먹었습니다. 나는 그것이 손수건으로 총구를 감싸고 총을 쏘는 것보다 훨씬 덜 시끄럽고 그만큼 치명적인 방법이라고 생각했습니다. 그렇게 그날을 꿈꾸며 상자를 늘 지니고 다녔고, 결국 그걸 써먹을 때가 된 것이지요.

시간은 열두 시를 넘겨 한시가 되어 가고 있었고 비가 억수같이 내렸습니다. 음울한 기운이 감도는 불안한 밤이었지만 내 머리는 아주 맑았습니다. 기쁨의 외침이라도 내지르고 싶었지요. 여러분들 중 누구라도 어떤 한 가지만을 생각하고 이십 년 동안 기다렸고 결국 그 앞에 다다랐다면 내 기분을 이해하실 수 있을 겁니다. 나는 신경을 안정시키기 위해서 시가에 불을 붙여 한 모금 빨았습니다. 하지만 손이 떨렸고 관자놀이는 흥분으로 고동쳤지요. 나는 마차를 몰며 존 페리어와 사랑스러운 루시가 어둠속에서 나를 보며 웃는 모습을 볼 수 있었습니다. 이 방 안에 있는 여러분처럼 분명하게 말이죠. 브릭스턴 가의 빈집에 닿을 때까지 그들이 말 옆에서 나란히 걷고 있는 듯했지요.

주변에는 아무도 없었고 빗소리 외에는 어떤 소리도 들리지 않았습니다. 창문으로 들여다보니 드레버는 잔뜩 취해 잠들어 있었지요. 제가 팔을 흔들어 깨우며 말했습니다.

'내릴 시간입니다.'

'알겠네.'

그가 말했습니다. 드레버는 자기가 말한 호텔에 도착한 줄 알았을 거요. 그랬으니 별말 없이 내려서 나를 따라 정원으로 들어갔겠죠. 여전히 비틀거렸기 때문에 나는 그를 부축해야 했습니다. 문 앞에 다다라 나는 현관문을 열고 그를 거실로 데려갔습니다. 다시 말하지만 그때까지도 두 부녀는 내 앞에 있었습니다.

'더럽게 깜깜하군.'

드레버가 발을 구르며 말했습니다.

'곧 불을 켜 주지'라고 하며 나는 성냥을 켜서 준비해 간 초에 불을 밝혔습니다.

'자, 이놈 드레버.'

그를 향해 돌아서며 촛불을 내 얼굴에 비추었습니다.

'날 기억하나?'

그는 술에 취해 멍한 눈으로 나를 보다가 곧 공포에 사로잡혀 떨었습니다. 내가 누군지 알아본 겁니다. 그는 사색이 된 얼굴로 뒷걸음질을 쳤고, 진땀을 흘리면서 이를 덜덜 떨었습니다. 그 모습을 보고 나는 문에 기댄 채 큰 소리로 오랫동안 웃어 댔습니다. 복수의 순간이 달콤하리라 생각해 왔지만 그때 나를 사로잡았던 영혼의 만족감까지 바란 적은 없었습니다.

'이런 개자식! 난 솔트레이크시티에서 페테르부르크까지 널 쫓아다녔어. 하지만 넌 잘도 도망 다녔지. 이제 드디어 너의 방황은 끝났어. 우리 둘 중 하나는 내일 아침 뜨는 태양을 보지 못할 거야.'

내가 말하는 동안 그는 계속 뒷걸음질 쳤지요. 그자의 얼굴을 보아 하니 내가 미쳤다고 생각하는 것 같았죠. 사실 그땐 그랬죠. 내 관자놀이에서 펄떡이는 맥박을 쇠망치로 내려치는 것 같았습니다. 마침 코피가 터지지 않았다면 나는 발작을 일으켰을 겁니다.

'루시 페리어에 죽음에 대해 어떻게 생각하지?'

나는 문을 잠그고 열쇠를 그의 얼굴 앞에서 흔들며 소리쳤죠.

'죗값을 치르기까지 시간이 좀 걸렸지만 드디어 그날이 왔네.'

내가 말할 때 그가 겁에 질려 입술이 떨리는 걸 보았죠. 그는 살려 달라고 애원하고 싶었겠지만 소용없다는 걸 알고 있었죠.

'날, 날 죽일 거요?'

그는 더듬더듬 말했다.

'살인이라니.'

내가 대답했습니다.

'단지 미친개를 없애는 걸 누가 살인이라고 하지? 내가 사랑했던 가여운 여인을 참살된 아버지에게서 끌어내 파렴치하게도 네 첩으로 삼았을 때 넌 자비심을 베풀었나?'

'루시의 아버지를 죽인 건 내가 아니오.'

그가 외쳤어요.

'순수한 루시의 가슴을 갈기갈기 찢은 건 너야!'

난 악을 쓰며 그의 앞에 상자를 내밀었습니다.

'위에 계신 하나님께 우리 둘을 심판하게 하자. 하나 골라서 먹어라. 알약 하나에는 죽음이 다른 하나에는 삶이 들어 있지. 네놈이 남긴 건 내가 먹겠다. 이 땅에 정의가 있는지, 아니면 단지 우연에 의해 지배되고 있을 뿐인지 시험해 보자.'

드레버는 괴성을 지르며 자비를 구걸했지만 나는 놈의 목에 칼을 겨누고 알약을 먹게 했습니다. 나도 남은 한 알을 먹었지요. 그리고 우리는 일 분 정도 서로를 마주보고 아무 말 없이 어느 쪽이 살고 어느 쪽이 죽는지 보기 위해 기다리면서 서 있었습니다. 그의 얼굴에 비친 그 표정을 나는 잊지 못할 겁니다. 독약을 먹었다는 걸 깨달은 그 표정.

난 그것을 보고 웃음을 터뜨리며 루시의 결혼반지를 그의 눈앞에 갖다 댔습니다. 그 순간이 너무나 짧았죠. 알칼로이드의 효과는 빨랐습니다. 그는 두 팔을 펼치고 비틀거리다가 쉰 소리로 괴성을 지르며 바닥으로 쿵 하고 쓰러지더군요. 나는 발로 그의 몸을 뒤집고 손을 그의 심장에 대 보았습니다. 아무런 움직임도 없었죠. 그는 죽었습니다. 내 코에서는 피가 줄줄 흐르고 있었습니다. 나는 그걸 그때서야 알았지요. 나는 무엇에 홀린 듯 벽에 피로 글씨를 썼습니다. 무엇 때문에 그랬는지는 모르겠습니다. 장난기가 발동해 경찰 수사 방향을 엉뚱한 곳으로 돌리고 싶었는지도 모릅니다. 그때 난 마음이 가벼워지고 기분이 좋았으니까 말이죠.

나는 뉴욕에서 독일인 시체가 'Rache'라는 단어가 쓰인 채 발견되었던 사건을 기억해 냈습니다. 그 당시 신문에서는 그것이 비밀단체의 소행이라고 주장했었지요. 뉴욕 사람들을 곤경에 빠뜨렸던 일이었으니 런던이라고 다를 바 없을 것 같았습니다. 나는 내 피를 손가락으로 찍어서 벽에다가 글씨를 썼지요. 그러고는 내 마차로 향했지요. 거리에는 아무도 없었고 그날 밤은 아주 황량했습니다. 마차를 몰고 한참을 달리다가 루시의 결혼반지를 두던 주머니를 만져 보았는데 반지가 없다는 걸 알아차렸습니다. 벼락을 맞은 것 같았죠. 루시가 유일하게 남긴 유품이었으니까요. 드레버의 시체 위로 몸을 굽혔을 때 빠뜨린 모양이었습니다. 당장에 마차를 돌렸습니다. 나는 마차를 옆 골목에 세우고 대담하게 빈집으로 다시 갔습니다. 루시를 추억할 물건이라고는 반지밖에 없었으니 어떤 위험이라도 감수할 작정이었습니다. 그런데 거기에 도착했을 때 그 집에서 나오는 어떤 경관과 마주치고 말 았습니다. 나는 술에 취한 척해서 겨우 경관의 의심을 피할 수 있었습니다. 그렇게 이녹 드레버는 최후의 순간을 맞았지요.

다음으로 내가 할 일은 스탠거슨을 죽여 존 페리어의 원수를 갚아 주는 일이었습니다. 나는 그가 할리데이스 프라이빗 호텔에 머무는 걸 알았기에 종일 그 주변을 서성거렸지만 그는 좀처럼 밖으로 나오지 않더군요. 드레버가 나타나지 않으니 어떤 의심이 들었던 게지요. 스탠거슨은 아주 교활한 놈이었기 때문에 항상 경계를 늦추지 않았지요. 그러나 방 안에 있다고 해서 안전할 거라는 생각은 너무나 안이했습니다. 나는 그의 침실 창문 위치를 알아냈고, 다음 날 이른 아침 호텔 뒤 좁은 길에 놓여 있는 사다리를 이용해서 새벽에 그의 침실로 들어갔습니다. 나는 그를 깨웠고 그에게 오래전 다른 이의 생명을 빼앗은 죗값을 치를 날이 왔다고 이야기했지요. 그리고 드레버의 최후에 대해 이야기해 주고 똑같이 독이 든 알약을 선택할 기회를 주었습니다. 그런데 스탠거슨은 내가 준 기회를 뿌리치고 내 목을 향해 덤벼들었습니다. 나는 자기 방어 차원에서 칼로 그의 심장을 찔렀습니다. 어느 쪽이든 결과는 같았을 겁니다. 신의 섭리는 죄지은 자의 손으로 독이 없는 약을 집어 드는 것을 절대로 허락하지 않으셨을 테니까요.

할 말이 조금 더 남았습니다. 나는 미국으로 돌아갈 여비를 벌기 위해 마부 일을 더 했습니다. 오늘 마차 조차장에 서 있는데 어떤 누더기를 입은 소년이 제퍼슨 호프라는 마부가 있느냐고 물으며 221B에 사는 신사가 찾는다고 했지요. 나는 아무 의심 없이 소년의 말만 듣고 왔

다가 이 사람에게 붙들렸습니다. 덜컥 수갑을 채울 때의 날렵한 솜씨
는 내 평생 처음 보는 것이었습니다. 여러분 이제 제 얘기는 다 했습니
다. 여러분은 나를 살인자로 보시겠지만 나는 여러분과 다르지 않습니
다. 그저 정의를 위해 달려온 사람이니까요."

　　그의 이야기는 너무 흥미진진했고 그의 태도 또한 너무 인상적이어
서 우리는 모두 넋을 잃고 그 이야기를 듣고 있었다. 범죄의 현장에 싫
증이 난 두 경찰까지 호프의 이야기에 빠져들었다. 그가 이야기를 마
친 뒤에도 우리는 오랫동안 말없이 가만히 앉아 있었다.

　　들리는 것이라곤 레스트레이드가 속기로 마지막 말을 받아 적느라

종이에 연필이 긁히는 소리뿐이었다.

"알고 싶은 게 한 가지 있습니다."

셜록 홈즈가 마침내 입을 열었다.

"광고를 보고 반지를 가지러 온 공범은 누구였나요?"

그 범인은 홈즈를 보며 장난스럽게 눈을 찡긋했다.

"내 비밀을 말해 드릴 수는 있습니다."

그가 말했다.

"하지만 다른 사람을 난처하게 할 수는 없습니다. 나는 광고를 보고도 속임수인지 진짜인지 알 수 없었습니다. 그러자 친구가 나서더군요. 당신도 아마 그 친구가 그 일을 잘 해냈다고 생각할 겁니다."

"맞습니다. 아주 훌륭히 해냈죠."

홈즈가 진심으로 말했다.

"여러분!"

경감이 근엄하게 말했다.

"법은 법입니다. 피의자는 목요일에 판사 앞에 서야 합니다. 여러분도 물론 참석해야 할 겁니다. 그때까지 이 사람은 제가 맡겠습니다."

경감이 벨을 울렸고, 제퍼슨 호프는 간수 두 명에게 붙들려 갔다. 경찰서를 나온 홈즈와 나는 베이커 가로 돌아가기 위해 마차를 잡아탔다.

7. 결말

    우리는 목요일에 판사 앞으로 출두하기로 되어 있었다. 하지만 그 날 아침 진술할 필요가 없어졌다. 제퍼슨 호프는 가장 큰 권능을 가진 심판관 앞에서 엄격한 정의로 판결을 받았다. 호프는 체포되던 날 밤 동맥류가 파열되어 다음 날 아침 차가운 사체로 발견되었다. 그는 죽어 가는 순간에도 자신이 이루어 놓은 일과 보람 있는 삶을 떠올린 듯 입가에 평온한 미소를 띠고 있었다.

    "그렉슨과 레스트레이드가 그 소식을 들으면 길길이 날뛰었겠군요."

    다음 날 저녁, 이야기를 나누던 중 홈즈가 말했다.

    "이제 어디 가서 자랑을 하겠습니까?"

    "그들이 범인을 체포하는 데 무슨 기여를 했는지 모르겠는데요?"

    내가 대답했다.

"우리가 이 세상에서 무엇을 했는지는 중요하지 않죠."

내 친구는 씁쓸하게 말했다.

"문제는 자신이 한 일에 대해서 어떻게 사람들이 믿게 만드느냐죠. 신경 쓰지 마세요."

그리고 잠시 후에 좀 더 밝은 얼굴로 계속했다.

"이렇게 사건이 마무리되었군요. 내 기억 속에서 이보다 더 좋았던 사건은 없었습니다. 아주 단순했지만 좋은 교훈을 남겨 줬지요."

"단순했다고요?"

내가 외쳤다.

"예, 그렇네요. 그렇게 설명할 수밖에요."

홈즈는 내가 놀라는 걸 보고 미소 지었다.

"그 본질적인 단순성의 증거는 내가 아무런 도움 없이 간단한 추리로 삼 일 만에 범인을 잡았다는 겁니다."

"그건 사실이네요."

내가 말했다.

"이미 설명을 드린 바 있습니다만, 특이한 요소들은 오히려 좋은 단서랍니다. 장애물이 아니지요. 이 사건을 푸는 데 유효했던 것은 거꾸로 추리해 보는 거였어요. 과거를 거슬러 올라가는 것이지요. 그것은 아주 유용하고 쉽지만 사람들은 잘 연습하지 않습니다. 일상생활에서 일어나는 일들에 있어서는 일반적인 방식으로 생각하는 편이 낫기 때문에 그 외의 방식은 무시되는 겁니다. 종합적인 추리를 할 수 있는 사람이 오십 명이라면 분석적인 추리를 할 수 있는 사람은 한 사람뿐입니다."

"솔직히 말하자면……."

나는 말했다.

"무슨 말인지 잘 이해가 안 되는군요."

"그럴 겁니다. 더 자세히 설명해 드리지요. 많은 사람들은 어떤 일에 대해 순서대로 설명해 주면 결과를 예측하지요. 머릿속으로 사건을 연결시켜 가면서 결론을 얻어요. 하지만 어떤 결과를 듣고 그런 결과에 이르게 된 이전 단계들을 말할 수 있는 사람들은 몇 없지요. 그게 바로 역추리 또는 분석적인 추리입니다."

"이해했습니다."

나는 말했다.

"이번 사건은 결과가 나와 있었고 나머지를 알아내야 하는 일이었습니다. 이제 내가 추리한 단계들을 보여 드리도록 하겠습니다. 처음으로 돌아가서, 박사도 알다시피, 나는 사건에 대해 완전히 모르는 상태로 그 빈집에 갔고, 나는 자연스레 처음에 큰길을 살펴보았지요. 그리고 거기에서, 제가 설명했던 것처럼, 선명한 마차 바큇자국을 보았고 밤사이 그곳에 마차가 왔다는 소리를 들었지요. 바퀴 사이가 좁은 것으로 보아 그건 개인용이 아니라는 것이 확실했습니다. 런던의 일반 마차는 신사들이 타는 사륜마차에 비하면 바퀴 사이의 간격이 좁으니까요. 이것이 처음으로 거둔 수확이었지요. 다음에 문 안으로 들어가 천천히 앞뜰을 걸었지요. 발자국이 잘 찍히는 진흙 길이었어요. 분명 박사의 눈에 그 길은 발자국으로 뒤덮인 진흙탕이었겠지만 내 훈련된 눈에는 모든 발자국이 의미가 있었습니다. 탐정학에서 발자국 추적만큼 중요하면서도 도외시되는 분야도 없지요. 나는 이것을 늘 염두에 두고 많은 연습을 통해 제2의 천성으로 만들었지요. 그래서 경관들의 발자국 사이에서 그보다 앞서 뜰을 지나간 두 사람의 발자국을 발견했습니다. 제일 먼저 찍힌 발자국을 찾는 건 아주 쉽지요. 왜냐하면 나중에 찍힌 다른 발자국에 덮여 거의 지워지기 직전이었던 발자국이 몇 개 있었으니까요. 이렇게 해서 두 번째 단서가 잡힌 것이지요. 정체 모를 방문객은 두 명이고 걸음의 폭으로 보니 한 사람은 장신이었어요. 다른 사람은 작고 우아한 인상을 주는 구두를 신고, 최신 유행의 옷차림을 한 신사 같았지요. 방에 들어가니 이 추리가 맞았다는 것이 확인됐죠. 우아한 구두를 신은 신사가 누워 있었으니 말이죠. 만약 살인 사건이 일어났다면 범인은 키 큰 사람이겠지요. 죽은 사람의 몸에는 상처가 없었어요. 하지만 겁에 질린 표정을 보니 무언가를 직감한 듯했지요. 심장마비나 자연사의 경우에는 짓눌린 듯한 표정이 없으니까요. 입가에 코를 대니 시큼한 냄새가 났습니다. 강제로 독약을 먹였다는 결론을 내렸습니다. 얼굴에 남은 증오와 공포의 표정에서도 그걸 추리할 수 있었습니다. 다른 가설로는 잘 알기가 힘들어서 나는 소거법을 썼습니다. 소거법을 통해 알지 못했던 사실에 도달한 거죠. 이것이 전에 없었던 사건이라고는 생각하지 마십시오. 독을 강제로 먹이는 것은 범죄 역사상 새삼스러운 일은 아니니까요. 오데사의 돌스키 사건이나 몽펠리에의 르투리에 사건은 웬만한 독극물 학자라면 누구나 알고 있는 사건들입니다.

다음은 살해 동기라는 큰 문제가 있습니다. 소지품이 그대로 있으니 강도는 아닐 것이고, 그렇다면 징치적 이유나 여사 문제였을까요? 전 이 두 가지 가능성에 직면했고, 전자보다는 후자 쪽의 가능성이 크다고 보았습니다. 정치적인 목적의 살인자들은 현장을 빨리 떠나지만 이번 경우 범인은 무척 신중했어요. 방 안에 남은 발자국으로 볼 때 범인은 사건 현장에 오랫동안 머물렀지요. 이런 계획적이고 신중한 범죄는 정치적 이유가 아니라 오랫동안 품어 온 원한에 의한 게 분명했어요. 벽에 남은 글씨를 보자 더 분명해지더군요. 그건 너무나 얄팍한 속임수였죠. 그러다 반지를 발견하고는 깨달았지요. 범인은 피살자가 죽인 사람 또는 반지와 관련된 여성을 상기시키려 한 겁니다. 그렉슨에게 클리블랜드에 전보를 쳐서 드레버의 경력상 유의할 점에 대해 알아봤는지 물었던 것은 바로 그 시점이었지요. 하지만 선생도 기억하시겠지만 그렉슨은 묻지 않았다고 했어요.

그때 방 안을 조사해 범인의 키에 대한 내 판단이 옳다는 것을 확인했고 트리치노폴리 시가와 손톱에 대한 부가적인 정보도 알아냈지요. 핏자국은 흥분한 범인의 코피라는 것을 추측해 냈습니다. 방 안에 격투의 흔적이 없었으니까요. 그리고 핏자국과 범인의 발자국이 일치한다는 걸 알아냈습니다. 범인은 아주 혈기 왕성한 사람일 테고 얼굴이 붉고 건장한 사람일 거라는 의견을 과감히 내놓았습니다. 내 판단이 옳다는 것이 입증되었지요. 현장을 나와서 나는 그렉슨이 간과했던 일을 했지요. 나는 클리블랜드의 경찰 서장에게 전보를 보내 이녹 드레버의 과거에 대해 조사해 달라고 했지요. 답신이 결정적이었어요. 드레버가 제퍼슨 호프라는 연적으로부터 신변 보호를 요청했고 그가 현재 유럽에 있다는 소식이 왔거든요. 이제 단서는 모두 찾았고 문제는 범인을 어떻게 잡느냐였지요.

나는 드레버와 함께 들어간 사람이 분명 마차를 몰았던 마부일 거라고 생각했습니다. 바퀴자국과 말발굽 자국을 보니 말은 제멋대로 움직인 듯했어요. 마부가 있었다면 그러지 않았겠지요. 마부가 집 안으로 들어가지 않았다면 어디에 있었겠습니까? 또한 제정신인 사람이라면 증인이 될 제삼자가 보는 앞에서 범죄를 저지르지는 않겠지요. 런던에서 누군가를 찾아 헤매기 위해서는 마부가 되는 것보다 좋은 길은 없습니다. 나는 이 모든 사실들을 고려해서 제퍼슨 호프가 런던에서 마부로 일하고 있을 거라는 결론을 내렸지요. 그리고 만약 그게 맞는다면 마부 일을 그만둘 이유가 없었습니다. 그의 입장에서 본다면 갑자기 일을 그만두었다가 주목을 받게 될 수도 있으니까요. 적어도 한동안은 그 일을 계속 할 거라고 생각했습니다. 가명을 쓸 이유도 없었지요. 아는 사람이 아무도 없는 나라에 와서 이름을 바꿀 이유가 없지 않습니까? 나는 베이커 가 소년 탐정단을 이용해서 런던 시내의 모든 마차 회사를 조사했고 마부를 찾아냈지요. 그 애들이 얼마나 잘 해냈는지, 내가 얼마나 신속하게 그 성과를 활용했는지는 선생도 잘 기억하실 것입니다. 스탠거슨 사건은 나로서도 예상 밖의 일이었고 그것을 막아내는 것은 불가능했습니다. 선생도 아시다시피 나는 독약이 쓰였다는 것을 이미 알고 있었습니다. 하지만 그 사건을 통해 알약을 손에 넣었지요. 자, 어떤가요? 전 과정이 어디 하나 빠진 곳 없이 논리적 사슬로 이루어지지 않습니까?"

"정말 놀랍군요!"

나는 외쳤다.

"당신의 활약은 공개적으로 인정받아야 합니다. 사건 기록을 출판하십시오. 당신이 하지 않는다면 내가 하겠습니다."

"좋을 대로 하십시오, 박사."

그가 대답했다.

"이걸 좀 보시지요!"

그는 신문을 네게 건네며 말했다.

"여기 말입니다!"

그것은 그날 발행된 〈에코〉 신문이었다. 홈즈가 가리킨 기사는 이번 사건에 대해서 다루고 있었다.

이녹 J. 드레버와 조셉 스탠거슨의 살해 용의자 제퍼슨 호프가 대동맥 질환으로 갑작스럽게 사망했다. 이로써 사건에 대한 대중적 관심 또한 시들해졌다. 사건의 내막은 영원히 묻히는 듯했다. 그러나 본지가 입수한 정보에 따르면 이 사건은 모르몬교에 얽힌 오래된 숙원과 애정 문제에서 비롯되었다고 한다. 두 피살자는 모두 젊은 시절에 모르몬교도였으며 살해 용의자 제퍼슨 호프 또한 모르몬교의 본고지인 솔트레이크시티에서 왔다고 전해진다. 사건의 결론은 모호해졌으나 우리 경찰력의 우수성은 분명히 입증됐다. 또한 외국인들에게 그들의 문제를 영국 안으로 끌어들여서는 안 된다는 강력한 경고 또한 전달됐을 것으로 본다. 이번 사건을 해결한 것은 런던 경시청의 유능한 경관 그렉슨과 레스트레이드였다. 범인은 탐정 셜록 홈즈의 집에서 검거됐으며 홈즈 또한 이 경관들로부터 많은 것을 배웠으리라 여겨진다. 두 형사의 공적에 대해서는 차후 공로 표창장을 수여하기로 결정됐다.

"내가 처음에 그렇게 말하지 않았습니까?"

셜록 홈즈는 웃으며 말했다.

"우리의 주홍색 연구 결과가 바로 이겁니다. 그들에게 표창장을 타게 해 주는 것 말입니다!"

"신경 쓰지 마십시오."

나는 대답했다.

"나는 모든 것을 기록했으니 이것을 세상 사람들에게 발표하겠습니다. 그때까지는 로마의 구두쇠처럼 사건 해결을 통한 성취감에서 만족을 찾아야겠군요. '사람들에게 비웃음을 사더라도 궤짝에 쌓아 둔 돈을 보며 나는 행복하도다'라는 로마 시인의 말처럼 말입니다."

주홍색 연구 : 1887년 오리지널 초판본 표지디자인

초판 1쇄 펴낸 날 2017년 1월 25일

지 은 이   아서 코난 도일
옮 긴 이   송성미
펴 낸 이   장영재
편   집   백수미, 서진
디 자 인   고은비
마 케 팅   남성진
경영지원   마명진
물류지원   한철우, 노영희

펴 낸 곳   (주)미르북컴퍼니
자 회 사   더스토리
전   화   02) 3141 - 4421
팩   스   02) 3141 - 4428
등   록   2012년 3월 16일 (제313-2012-81호)
주   소   서울시 마포구 성미산로 32길 12, 2층 (우 03983)
E-mail   sanhonjinju@naver.com
카   페   cafe.naver.com/mirbookcompany